中學生文學精讀・李煜

璧華 選注

責任編輯　張軒誦
書籍設計　陳朗思

書　　名　中學生文學精讀·李煜
選 注 者　璧　華
出　　版　三聯書店（香港）有限公司
香港北角英皇道 499 號北角工業大廈 20 樓
Joint Publishing (H.K.) Co., Ltd.
20/F., North Point Industrial Building,
499 King's Road, North Point, Hong Kong
香港發行　香港聯合書刊物流有限公司
香港新界荃灣德士古道 220-248 號 16 樓
印　　刷　美雅印刷製本有限公司
香港九龍觀塘榮業街 6 號 4 樓 A 室
版　　次　2022 年 6 月香港第一版第一次印刷
規　　格　特 16 開（150 × 210 mm）168 面
國際書號　ISBN 978-962-04-4969-7

目錄

北宋時期

存疑作品

凡例

一、李煜的詞作散佚甚多，留存下來的真品僅四十首左右，由於歷代版本繁多，作品真贋雜陳，真偽難辨，本書以詞學家詹安泰編注的《李璟李煜詞》李煜詞部分為底本，並參考其他版本進行校勘，共錄得李煜詞四十一首（其中存疑之作四首），供中學生、大專學生以及中國古典文學愛好者閱讀欣賞。

二、選詞盡可能按照寫作時期的先後來編排，以俾讀者透過作品了解作者的生活、思想與創作的發展過程。

三、本書前言，全面而系統地評介作者及其作品，令讀者得以統覽作者全人及作品全貌。

四、每首詞分題解、譯注、賞析等項，幫助讀者讀懂並欣賞該詞。茲分別說明如下：

題解：說明內容，揭示主旨，介紹時代背景、作者撰寫該詞時的思想與生活狀況，以及與作品有關的一些外緣資料。

譯注：包括譯文和注釋。譯文保持詞的形式美：句子整齊、音韻和諧。注釋補充譯文中所無法表明者，盡量做到簡明扼要，一般不引經據典。

賞析：深入淺出地闡釋詞作內涵，分析其表現手法。李煜詞雖然明白如話，但詩無達詁，一首詞作可從不同角度去理解，以獲得美的享受。本書借鑒並汲取了詞學前輩的研究成果，在此基礎上提出己見，讀者可透過比較分析，深入理解該詞，增加閱讀興趣，提高詩詞鑒賞能力。

情真·情切·情深

（前言）

李煜（公元 937－978 年），初名從嘉，號鍾隱，又稱鍾山隱士、鍾峰隱者、蓮峰居士等，南唐中主李璟第六子，建隆二年（公元 961 年）立為太子。同年七月，李璟病卒，太子繼位。改名煜，字重光，世稱李後主。

文藝氣息濃郁的氛圍

李煜容貌俊秀，風神灑落，據史書記載，他前額寬廣，鼻樑高挺，雙頰豐滿，一目重瞳子。他的父親李璟「多才藝，好讀書」（陸游《南唐書》），是詞壇高手，僅留下的四首詞都是傑作，其中《浣溪沙》（手捲真珠上玉鉤）、《浣溪沙》（菡萏香銷翠葉殘）兩首最為著名，後者尤為世所稱頌。手下大臣馮延巳、董源、顧閎中、韓熙載、徐鉉等人分別在詞、畫、文方面成就卓然，李璟也經常與大臣們飲宴賦詩。南唐這種濃厚的文藝環境給生活在其中的李煜的影響無疑是十分巨大的，而且對其未來的文藝創作具有決定性作用。正是在這種環境和氛圍的薰陶下，加上李煜聰穎的天資、好學的精神，才能在書法、繪畫、音樂、歌舞等方面取得佳績。書法方面，創造了獨具一格的「金錯刀書」；繪畫方面，用遒勁的「金錯刀書」技法畫墨竹，自根至梢，一一勾勒，人稱「鐵鉤鎖」，別具一格；音樂方面，能作曲，亡國前所作《念家鄉破》傳遍全國；歌舞方面，與大周后（即昭惠后）娥皇一起整理、修復、排演因戰亂散佚的唐朝著名的大型宮廷樂舞《霓裳羽衣舞》。至於文章詩詞亦是樣樣精通，詞章藝術更達到當時的頂峰，為後來詞的發展作出了巨大的貢獻。

對李煜的一生及其詩詞產生重大影響的還有大周后娥皇和她的妹妹小周后。

她們是南唐開國大臣周宗的女兒。李煜十八歲時與姐姐娥皇結婚。她不但天生麗質，而且「通書史，善歌舞，尤工琵琶，至於采戲弈棋（演戲下棋），靡不妙絕」。盛唐時的宮廷大型樂舞，因戰亂散佚，李煜得殘譜，娥皇與樂師曹生按譜尋聲，補綴成曲，才使得它復傳後世。李煜早期作品如《浣溪沙》（紅日已高三丈透）、《玉樓春》（晚妝初了明肌雪）中那些描寫歌舞達旦的熱鬧場面中，想必有他們夫妻倆翩翩的舞影。結婚十年，李煜二十八歲時大周后病逝。夫妻情深，大周后的死使李煜哀痛欲絕，寫下了長約二千言、一字一血淚的悼文《昭惠周后誄》和好幾首悼詩，如《輓辭》二首、《感懷》三首。在後者的第二首中，他說：「層城無復見嬌姿，佳節纏哀不自持。空有當年舊煙月，芙蓉城上哭蛾眉。」內心多麼沉痛！在詞作《采桑子》（庭前春逐紅英盡）中說：「可奈情懷，欲睡朦朧入夢來。」亦寫對亡妻日思夜想的無限懷念之情。李煜詞中不少抒寫男女離愁別緒之作能夠寫得那麼動人，是與他有這種痛苦經歷分不開的，讀李煜詞時不可不注意及之。

大周后逝世三年後，李煜娶她的妹妹為妻，是為小周后。小周后「警敏有才思，神彩端靜」，善解人意，大周后病重臥牀時，因侍奉左右，與李煜發生私情，李煜詞作《菩薩蠻》（花明月黯籠輕霧）等三首都生動地描繪了他們幽會時的情景。小周后的出現給李煜的愛情生活注入了新的元素，增加了其作品的浪漫色彩。

天上人間的境遇反差

李煜生活在五代十國時期（公元 907－979 年）。「五代」是指後梁、後唐、後晉、後漢、後周五個朝代。這幾個政權在中國北方相繼統治了五十三年，統治者為了爭奪王位，迭起戰端，混戰不已，還到處燒殺擄掠，城鄉的農業和工商業遭到毀滅性的破壞。「十國」是指吳、吳越、前蜀、楚、閩、南漢、荊南、後蜀、南唐、北漢。它們連續統治了近七十年，由於戰爭較少，戰爭規模亦較小，政局相對穩定。為了鞏固政權，統治者不得不重視農業，發展生產，人民生活安定，經濟飛速發展，隨之也帶來了文化的繁榮，其中前蜀和南唐成了經濟文化兩個中心地區，因此這兩個國家的詞壇群星密佈，而其中最燦爛的一顆就是李煜了。

李煜誕生於南唐升元六年（公元 937 年）。那一年，李昪建國，他不輕動干戈，弭兵安民，與鄰國修睦，保持局面安定，然後改善內政，發展生產，興科舉，建學校，使南唐成為十國中經濟文化最為繁榮昌盛的國家。不但如此，當時就疆土而言，南唐也是十國中面積最為遼闊者，約當今江西全部，江蘇、安徽大部，後來一度擴展至今福建、湖南。李煜被俘入宋後寫的《破陣子》（四十年來家國）中回憶故國時說那時國家擁有「三千里地山河」，並非誇張之詞。

可惜政權傳到李璟手裏卻變得一蹶不振。李璟破壞睦鄰政策，擴展領土，後期政治昏暗，所用非人，國勢日衰。保大十四年（公元 956 年）以後，後周世宗屢次南征，攻取南唐江北淮南之地，迫使李璟俯首稱臣，自廢帝號，改稱南唐國主（史稱中主或嗣主）。建隆二年，李璟在國危家難（兒子為爭奪王位互相殘殺）之中病逝，這時趙匡胤已經在後周發動兵變，黃袍加身，自立為帝，建立宋朝，並準備統一中國。

李煜繼位，他從李璟手上接收下來的是一個爛攤子。他只有文藝才能，毫無治國本事；他喜耽佛學，勞民傷財，在全國各地大修佛寺，在宮內廣造僧尼精舍；他生活豪奢，縱情聲色，以致官吏腐鏾，政局敗亂；他根本不聽忠諫，一味蔽護佞臣，於是國運如日薄西山，岌岌可危。

對外方面，李煜變本加厲地奉行李璟的向宋朝俯首聽命的國策，歲歲進貢，年年來朝。繼位次年，就納貢金器二千兩、銀器一萬兩、錦綺綾羅一萬匹，到了宋開寶四年（公元 971 年），派遣弟弟從善赴宋進貢，又上表請改南唐國主為江南國主，從善被扣留當人質，亦無可奈何。李煜的態度是只要穩守本國當個小皇帝，其他一切均唯命是從，但野心勃勃的宋太祖趙匡胤明言，不能容忍在臥榻之旁有他人鼾睡，在宋開寶七年（公元 974 年），派大將曹彬率水陸兩師進攻南唐，次年十一月攻陷南唐首都金陵（今江蘇南京）。在此之前，李煜曾下令積薪宮中，誓言若國家淪亡，當攜家人蹈火死，但城陷時，他卻猶豫了，於是率領大臣肉袒（去衣露體）惶恐出降，臨行作了《破陣子》（四十年來家國）抒發離家別國的哀傷，然後與家人三百多口在雲籠雨打中隨宋師北上。船離江岸，他回望金陵，吟成《渡中江望石城泣下》：「江南江北舊家鄉，三十年來夢一場。吳苑宮闈今冷落，廣陵臺殿已荒涼。雲籠遠岫愁千片，雨打歸舟淚萬行。兄弟四人三百口，不堪閒坐細思量。」開寶九年（公元 976 年）正月，李煜到達北宋京城汴梁（今河南開封），白衣白帽待罪於明德樓下，宋太祖因為不滿意他屢次不肯奉詔入朝，授右千牛衛上將軍，封違命侯，時年四十歲。

到達汴梁後，李煜被軟禁在小樓裏，從此過着與外界隔絕的囚徒生活，想和他接觸必須得到宋帝的御准。據宋王銍《默記》記載，南唐降宋後，做了大官的舊臣徐鉉奉宋太宗之命往見，到了門口，只見一個老卒守門，徐讓通報，老卒不允，因為「有旨不得與人接，豈可見也？」後來徐鉉說明是奉旨而來，才得見。這時，李煜就像砧板上的魚肉，任人宰割。最不堪的是宋太宗經常要他心愛的小周后到宮中侍奉，一去好幾天才回來。小周后回來之後就大吵大鬧，罵李煜沒出息，連自己的妻子都保護不了，這時他內心的痛苦是可想而知的。

除了人身不自由以及備受凌辱外，李煜還終日處於隨時可能被宋帝殺害的惶恐之中，他又不能像三國蜀漢後主劉禪那樣，在亡國之後依然玩樂自在，樂不思蜀，而是過着他給金陵舊宮人信中所說的「此中日夕只以眼淚洗面」的生活，圍繞夢魂的是故國的山河：「故國夢重歸，覺來雙淚垂」（《子夜歌》〔人生愁恨何能免〕）、「小樓昨夜又東風，故國不堪回首月明中」（《虞美人》〔春花秋月何時了〕），只有在夢中他才能找到片刻的歡樂，短暫的慰藉。李煜太天真了，他根本沒有想到強烈的「故國之思」會引起把權力看得如命根子的北宋帝王的猜忌，認為他人還在，心不死，時時有復辟的野心，最終把他推到生命的絕境。

據宋王銍《默記》載，當初舊臣徐鉉奉宋太宗之命去見李煜時，二人相持大哭，坐下，默默無言，李煜忽然長歎說：「當時悔殺潘佑、李平！」原來二人都是忠臣，潘曾數度冒死諫後主不要聽信奸佞，敗壞國家，李煜不但不聽，還把他下獄，致使他自殺身亡，李和潘是密友，也因受株連自縊而死。徐鉉離開後，宋太宗召見，詢問後主說了些甚麼，鉉不敢隱瞞，太宗此時已有殺後主的動機。太平興國三年（公元 978 年）七月初七，後主生日，他命帶來的歌伎作樂，聲音傳到外面，所作的《虞美人》詞中的「小樓昨夜又東風，故國不堪回首月明中」之句也傳到太宗耳中，遂大怒，用牽機藥把他毒死。據說此藥有劇毒，服後會不停彎下腰來，像是在用頭去接觸自己的腳，直至彎到一起，疼痛而死。李煜時年四十二歲。

迥異的前後期作品風貌

一個作家的作品總是與他的生活遭遇緊密不可分的，對李後主而言，這情況尤為顯著。在他短暫的四十二年生涯中，經歷了翻天覆地的巨變，他從一個江南小皇帝淪為汴梁階下囚，從歡樂的天堂掉到苦難的地獄，這種地位上的霄壤之別，決定了他的詞作前後兩個時期迥異的風貌。

李煜前期（南唐時期）的詞，按內容可分為以下幾類：

（一）描繪帝王宮廷奢侈豪華的生活。例如《浣溪沙》（紅日已高三丈透）與《玉樓春》（晚妝初了明肌雪），前首寫通宵達旦縱情歌舞飲宴的場面，後首寫宮女排列奏樂歌唱直至深宵踏月歸去的情景，二詞把後主耽溺於享樂、如醉如癡的狀態表現得淋漓盡致。

（二）描寫男歡女愛熾熱的戀情。例如《菩薩蠻》（花明月黯籠輕霧）寫小周后來和他偷情幽會。「刬襪步香階，手提金縷鞋。」脫掉金縷鞋提在手中，只穿襪子輕輕走上臺階，惶恐的神態活靈活現；末四句寫沐浴在愛河中少女感情的熾熱和行動的大膽，準確而生動。其餘兩首《菩薩蠻》（蓬萊院閉天台女；銅簧韻脆鏘寒竹），前首寫情人間含情脈脈、繾綣纏綿的情意；後首寫筵席上男女互相傳情與歡筵完畢分手時的彼此依戀。《喜遷鶯》（曉月墜）寫對所愛的人的思念與等待，可能是對大周后的傷逝之作。「片紅休掃盡從伊，留待舞人歸。」謂不要將片片落花掃掉，留着它鋪滿一地等待舞人歸來。舞人是誰，善舞者大周后是也。《一斛珠》（曉妝初過），用連續的鏡頭將所傾心的少女的口型、笑容、歌聲、醉態一一呈現出來，由此可以看出後主雖然是帝王，但對女性是愛憐且尊重的，對女性的心理神態的觀察是相當細緻的，詞作中表現出他不玩弄女性，與其他帝王視女性為玩物迥異。在《柳枝詞》（風情漸老見春羞）中，顯露對老宮女的愛惜與憐憫，也能說明這點。

（三）抒發對遠別的親人的無限懷念之情。《清平樂》（別來春半）就是懷念入宋朝貢被宋太祖扣留做人質的弟弟從善不歸而寫：春半時分因為弟弟不歸，周圍一切景色均令他柔腸寸斷，傷心欲絕。弟弟音信全無，因路途遙遠連夢也做不成，於是「離恨恰如春草，更行更遠還生」，形象地道出了離恨的綿長無盡，因而成為寫離愁別恨的千古名句，可以看出後主與兄弟感情的真摯。封建王朝，為了爭奪皇位，骨肉（或宗室）相殘乃等閒事，前有魏文帝曹丕迫害曹植、晉「八王之亂」宗室互相殘殺，後有唐太宗「玄武門之變」親手除掉建成和元吉、清雍正皇帝害死弟弟胤禩和胤禟。李煜長兄弘冀毒殺叔叔景遂，而後自己亦暴斃。弘冀死後，李煜四個哥哥相繼身亡。他曾經上奏推薦從善嗣位，但中主駕崩前立遺詔命李煜繼位，從善還四處探聽遺詔內容。李煜繼位後，大臣奏從善有覬覦王位的企圖，李煜卻不在意，還對他分外愛護，可見他多麼重視親情。李煜詞中懷念親人的作品大多借「閨怨」（少婦哀怨之情）來表現，例如《采桑子》（庭前春逐紅英盡）、《長相思》（雲一緺）、《搗練子令》（深院靜）、《謝新恩》（櫻花落盡階前月）等都是。詞中的思念遠人愁恨滿懷的少婦形象就是李煜自己的寫照。

以下談李煜後期（北宋時期）的詞。

李煜最為膾炙人口的詞多寫於這一時期，它們是他被俘虜到宋朝汴京成為任人蹂躪的囚徒之後寫下的。此時此際，國已破家亦亡，繁華已經一去不返，剩下的唯有漫漫的冬夜與數不盡的苦難，與日俱增的悲痛愁恨鬱積在胸中，他「日夕以眼淚洗面」之外，唯有發而為詞，將情感毫無保留地宣泄出來。

李煜後期作品的內容可以分為兩類：

（一）抒發對往日美麗故國的無盡思念。那美好的一切不過是鏡花水月，而今安在，只好到夢中去尋覓了，因為「夢裏不知身是客，一晌貪歡」（《浪淘沙令》〔簾外雨潺潺〕），在短暫的夢中他可以卸掉囚徒的身份，拋卻一切的煩憂，恣情歡樂。夢中出現的是哪些事物令他日思夜想、魂魄牽縈呢？在《破陣子》（四十年來家國）裏的上半闋這樣寫道：「四十年來家國，三千里地山河；鳳閣龍樓連霄漢，玉樹瓊枝作煙蘿。幾曾識干戈？」故國遼闊壯麗的山河，巍峨豪華的宮殿，名貴珍奇的花木，沒有戰爭一片和平的景象使其刻骨銘心地依戀。《望江梅》中南國芳春時節「船上管弦江面綠，滿城飛絮輥輕塵，忙殺看花人」，清秋時節「千里江山寒色遠，蘆花深處泊孤舟。笛在月明樓」，以及《望江南》中舊日遊上苑時「車如流水馬如龍，花月正春風」，一個個歌舞昇平的鏡頭不斷地在眼前浮現，是無法抹掉的記憶。他要強烈地表達這種思念，甚至為此付出了生命的代價。

（二）傾訴與故國永別的綿綿哀愁。同樣寫離愁別恨，後期與前期卻有着質的區別。前期與親人的別離雖然相見不易，但無論如何，還是存在着希望，心裏覺得是暫時的；後期則是一踏出國門，便是永訣。二者有以淚寫與血寫之分。王國維在《人間詞話》中說：「後主之詞，真所謂以血書者也。」正是指他後期寫永訣哀愁的詞作而言。我們把他這時期寫離愁的名句「問君能有幾多愁，恰以一江春水向東流」（《虞美人》〔春花秋月何時了〕）與前期的「離恨恰如春草，更行更遠還生」（《清平樂》〔別來春半〕）相比，就可以發現後期所傾訴的愁恨比前期的要深廣很多，雖然二者都同樣形象、生動、感人。

最令李煜刻骨銘心的是他辭別宗廟要踏出國門的時刻。入宋後他受盡折磨，腰肢減損，鬢髮斑白之時仍然不時回憶起當時難以割捨的場景，那令人斷腸的畫面仍然一幕幕地在眼前閃現，《破陣子》（四十年來家國）的下半闋：「最是倉皇辭廟日，教坊猶奏別離歌，揮淚對宮娥。」在宋軍要押解他赴汴梁之前，他只好匆匆忙忙慌慌張張拜別宗廟準備起行，宮禁的樂隊奏起令人心碎的驪歌時，大臣們早已作鳥獸散，只好和曾與他共度歡樂時光的宮女揮淚而別。

在中國詩歌作品中，表現離愁的內容特別多，可能是由於土地遼闊，交通又不便，別離之後再見不易，故有「別時容易見時難」的感歎，而實際上又是「相見時難別亦難」。南朝詩人江淹（公元 444－505 年）《別賦》中的「黯然銷魂者，唯別而已矣」能成為流傳千古的名句，乃是由於它首次準確地傳達了世世代代中國人被別離煎熬的普遍感受。江淹在《別賦》中形象地鋪陳各種人物各類別離的情況之後，篇末不無遺憾地總結道：離別的情況不一，離別的理由很多；有離別必有愁怨，有愁怨必定充盈心胸，使人失魂落魄，骨折心驚。他認為即使有漢代著名文人王褒、揚雄的文采，嚴安、徐樂的才華（作賦有飄飄凌雲之氣，修飾若雕鏤龍紋之美），「誰能摹暫離之狀，寫永訣之情者乎！」用反問句，意思是沒有人能摹寫出暫離之狀和永訣之情，漢代大文豪不能，自己也做不到。江淹與李煜生活的年代相距約四百五十年，中間相隔了梁（江淹逝世於梁朝建國初期）、陳、隋、唐幾個朝代，寫離愁別恨的詩眾多，不少傑出的詩人如李白、杜甫等都曾留下這類題材的動人肺腑之作，其中尤以庾信（公元 513－581 年）的《哀江南賦》最為感人。此賦係庾信從江南的梁朝，在國家被北方少數民族政權滅亡之後被俘虜到北朝，抒發自己懷念故國鄉土情懷之作，杜甫深為此賦所感動，因而有「庾信生平最蕭瑟，暮年詩賦動江關（感動全國所有的人）」的讚譽，可惜由於作品用典太多，雕琢過甚，那些浸濡着血淚抒寫離愁別恨的文字一般人都看不懂，因而流傳不廣，難以深入人心，膾炙人口。相反，李後主能夠用自然樸素的語言傾瀉故國之思，更重要的是他能擺脫一己之哀痛，而把這種情感置於宇宙人生無限廣大的空間之中，使之具有了普遍的意義。在李煜看來，生離死別，大自然與人生都是一樣的。請看《烏夜啼》:「林花謝了春紅，太匆匆！無奈朝來寒雨晚來風。胭脂淚，留人醉，幾時重？自是人生長恨水長東！」他從春花在風雨中凋落這一自然現象聯繫到「人生長恨水長東」，人的命運和花的命運、萬物的命運都是一樣的，誰都不能逃避。所以王國維在《人間詞話》中說，後主「儼有釋迦、基督擔荷人類罪惡之意，其大小固不同矣」。所謂後主「儼有釋迦、基督擔荷人類罪惡之意」，並不是說後主像佛祖釋迦牟尼、耶穌基督那樣把眾生的不幸和苦難擔負在自己的身上，使眾生得到超脫解救，不過是比喻後主的詞不僅僅抒寫了個人的悲哀，而且傾吐了所有人類共同的悲哀，從這一點看，後主真是前無古人，後無（迄今仍無）來者了。

用白描手法抒發情思

真實（包括抒發的感情的真實和反映的現實的真實）是藝術的生命，也是藝術的魅力之源，所以英國詩人濟慈（John Keats，公元 1795－1821 年）在《古希臘甕頌》一詩的末尾說:「美即是真，真即是美，這就是你們所知道和應該知道的一切。」確實如此，對於文學家來說，只要把內心的真感情，把所見到的事物的真面貌透過完美的藝術形式表現出來，就算完成任務了。李煜詞最主要的藝術特色是能把由性靈肺腑流露出來的至真之情毫無掩飾、直截了當、痛快淋漓地向外傾吐，並不去考慮別人怎麼想、怎麼改編。在現實中，他是一個高高在上的帝王，但在作品中，他只是個有血有肉的普通人。在《菩薩蠻》（花明月黯籠輕霧）中，他毫無顧忌地寫與小姨子小周后偷情的情景，細緻描寫小周后把鞋脫下提在手上，只穿襪子輕輕步上臺階的形象：「剗襪步香階，手提金縷鞋。」最後更大膽露骨地描寫相會後一系列的情愛動作，特別是末句「奴為出來難，教君恣意憐」，清沈雄《古今詞話·詞品》下引孫琮評：「『感郎不羞赧，回身向郎抱』，六朝樂府便有此等艷情，莫訶（不要斥責）詞人輕薄。」可見這類男女情愛的描述，民間歌謠可以有，但作為帝王的詞則難免有輕薄之嫌。由此可見李後主的坦率。另外，在《破陣子》（四十年來家國）中末三句敘述離國前的情景是：「最是倉皇辭廟日，教坊猶奏別離歌，揮淚對宮娥。」也反映了他的坦白直率，他決不隱瞞自己的真情，哪怕會因此遭到後世的唾罵。後人多指責後主「揮淚對宮娥」行為之不當，都以為後主「當慟哭於九廟之外，謝其民（向百姓謝罪）而後行，顧乃揮淚宮娥聽教坊離曲哉」（宋蘇軾《書李後主詞》）。後主詞之所以感人至深，正在於他的這種有甚麼就說甚麼的性格，他的詞句句都是出自肺腑，因而千百年後仍然能引起人們的共鳴。王國維在《人間詞話》中說：「詞人者，不失其赤子之心者也，故生於深宮之中，長於婦人之手，是後主為人君所短處，亦即為詞人所長處。」又說：「客觀之詩人，不可不多閱世。閱世愈深，則材料愈豐富，愈變化，《水滸傳》、《紅樓夢》之作者是也。主觀之詩人，不必多閱世。閱世愈淺，則性情愈真，李後主是也。」由於李後主葆有赤子之心，才能夠做到心裏有甚麼筆下就流露甚麼，沒有任何限制。

我們知道，文藝作品的內容與形式是統一的，甚麼樣的內容決定了甚麼樣的形式。例如晚唐詞人溫庭筠（公元 801－866 年），他的詞是適應豪奢筵席上的公子和華麗閨房中的佳人娛情傳唱之需要，因此專事描繪美女與愛情，用綺靡絢麗、金碧炫人的詞藻，精雕細琢女性的形象、環境、服飾、表情，還在詞中連接不斷地使用借代、暗喻、反襯、側面烘托、詞序變換等手法，含蓄甚至隱晦地表達情思。李後主則截然相反，為了適應自己純真深摯的情思的表達，他使用的是不加修飾、不用典故、質樸平易、明白如話的語言，使人讀起來感到分外親切。此外，他還善用白描手法，乾淨俐落、傳神地勾畫出場景、人物及其心態，給人留下深刻難忘的印象。清人周濟曾對李煜詞的藝術特色作過十分形象的比喻：「王嬙（王昭君）、西施，天下美婦人也。嚴妝佳，淡妝亦佳，粗服亂頭，不掩國色。飛卿（溫庭筠），嚴妝也；端己（韋莊），淡妝也；後主則粗服亂頭矣。」所謂「粗服亂頭，不掩國色」就是說後主詞毫無當時詞人的脂粉之氣，詞中雖然沒有用華麗詞語修飾，但不能掩蓋它的美質，就如美女雖然不妝扮，粗布衣服，頭髮蓬亂，但其姿容仍然冠絕全國。我們把後主的詞跟北宋徽宗趙佶被金人俘虜去北方（今黑龍江依蘭一帶），路上見到雪中杏花而懷念故國的詞《燕山亭．北行見杏花》相比，就可以顯示出李煜詞作上述的藝術特色。

> 裁剪冰綃，輕疊數重，淡著燕脂勻注。新樣靚妝，艷溢香融，羞殺蕊珠宮女。易得飄零，更多少、無情風雨。愁苦，問院落淒涼，幾番春暮？　　憑寄離恨重重，者雙燕何曾，會人言語？天遙地遠，萬水千山，知他故宮何處？怎不思量？除夢裏有時曾去。無據，和夢也新來不做。

此詞相傳是宋徽宗的絕筆，全詞借詠杏花從盛開到被風雨摧殘而凋零，抒發了個人身世的不幸以及追戀故國的哀傷與絕望。上闋先寫杏花盛開時妝扮的時新艷麗、香味的濃郁四溢，連天上的仙女都自愧弗如。「易得」句驟轉，寫紅顏薄命，在無情風雨的摧殘下很容易就凋零了。末幾句說這種情景令人悲愁，於是設想往日花團錦簇的院落，經過幾番春暮的風雨，怕也只剩下一片淒涼。這幾句把花的命運與自己的命運緊扣，交融在一起。下闋抒寫無法排解重重的離國的愁恨，想託燕子帶去音信，但雙燕何曾懂曉人語，傳達我的戀情？千山萬水的阻隔，望不到故宮在何處，怎能不令我思念殷切，只有在夢中相會，但這也並不可靠，新近連夢都做不成了。

這首詞也是筆墨盡而繼之以血淚之作，清徐釚《詞苑叢談》說：「哀情哽咽，彷彿南唐李主，令人不忍多聽。」王國維在《人間詞話》中也說：「後主之詞，真所謂以血書者也；宋道君《燕山亭》詞略似之。」但是為甚麼後主詞更能牽動人心而膾炙人口呢？這就必須從表現技巧進行探索了。徽宗詞託物寓意，以杏花隱喻自身的命運，在憐憫其不幸中寄託自己的情懷，而且寫法上是層層轉進：上闋寫杏花由盛而衰轉入下闋自己由帝王而為囚徒；下闋又分三層轉進，先寫想借雙燕寄託離恨而不可得，次寫遠隔萬水千山望故宮卻無從尋覓，再寫只有在夢魂中才能相會，但夢又做不成。這樣才把哀傷之情全面深入地展示出來，使用的亦是華麗的詞彙。後主詞則是不涉隱喻，也少作比興，而是直抒胸臆，用白描手法寫出內心深處的感受，以《破陣子》（四十年來家國）、《浪淘沙》（往事只堪哀）為例，就明顯地看出這點。前者將往昔帝王宮殿的豪華與今日囚徒的淒涼相對照，後者把夢境中的歡樂與夢醒後的痛苦相比對，在鮮明對比中淋漓盡致地抒發了國破家亡的感受，直接地撥動了人們的心弦，引起強烈的共鳴。至此，白描手法的藝術效果得到充分的展示。所謂白描手法就是用明白如話的語言甚至用方言俚語（例如《浣溪沙》〔紅日已高三丈透〕中的「酒惡」、《一斛珠》〔曉妝初過〕中的「些兒箇」、《望江梅》〔閒夢遠〕中的「忙殺」等）勾畫出生動的形象，抒寫豐富的情思。這種語言與晚唐五代詞人們的裁花剪葉、鏤金雕玉、崇尚堆砌詞藻的風氣完全背道而馳。這種語言運用起來似乎不費吹灰之力，談不上有甚麼文辭技巧，但是卻單純明淨、準確鮮活、富表現力，可見已達到雖經千錘百鍊卻不顯斧鑿痕跡的境界，乃是善用語言的極致。巴金說：「最高的技巧是無技巧。」把這句話用在李煜身上，是最恰切不過的了。正是這種無技巧的最高技巧，真實地表現了李煜蘸滿了血淚的生活，使得他的詞作具有了永恒的藝術價值。

本書共輯錄李煜詞四十一首，基本上是按照寫作時間的先後順序排列，有些詞寫作時間不易確定，則參照其內容編排，希望能幫助讀者透過作品了解作者的生活、思想與創作的發展過程。

李煜詞散佚甚多，歷代版本繁多，作品真贋雜陳，真偽難辨，本書以詞學家詹安泰編注的《李璟李煜詞》（北京，人民文學出版社，1953 年 3 月版）中李煜詞部分為底本，並參照其他版本進行校勘。

為了讀者閱覽的方便，我們把這四十一首詞分為三部分編排：南唐時期，即在金陵做小皇帝時期；北宋時期，即被押到汴京成為囚徒時期；存疑之作，則是不能肯定是否李煜之作，倘若是，其可能寫作時間在各首題解中均有說明，這裏就不再贅述了。

璧華

2006 年 9 月 2 日香港

南唐時期

浣溪沙

【題解】

李煜詞的創作年代大多不可考，這首從內容看，當屬於前期之作，那時正值北宋初年，宋太祖尚未向江南用兵，所以南唐還能偏安一隅，李煜才得以過歌舞昇平的生活。這首詞正是對那種生活真實而形象的寫照。

【譯注】

紅日已高三丈透 ❶，	紅日高高升起已越過了三丈，
金爐次第添香獸 ❷，	獸形香炭依次添入金屬爐膛，
紅錦地衣隨步皺 ❸。	紅錦地毯隨着舞步皺起紋浪。

原文	譯文
佳人舞點金釵溜❹，	美人狂舞雲鬢插的金釵掉地上，
酒惡時拈花蕊嗅❺。	酒醉不適時時手拈花蕊鼻上嗅。
別殿遙聞簫鼓奏❻。	別殿遙遙傳來簫鼓陣陣的聲響。

❶ 丈：市制的長度單位，一丈等於十市尺，約合十分之三米。三丈，在這裏並非確指，表示多數，即許多丈的意思。透：過，超越。

❷ 金爐：金屬製的爐子，即銅製的燒香料的爐子。次第：依照順序，一個接着一個。香獸：匀和香料製成的獸形的炭。

❸ 紅錦：紅色的錦緞。地衣：地毯。

❹ 佳人：美人，指歌舞的宮女。舞點：一作「舞急」，舞步急促。溜：滑落。由於舞步急促，頭上金釵猛力搖晃，因而掉落地上，可見狂舞的程度。

❺ 酒惡：因多喝了酒身體感到不適。趙令畤《侯鯖錄》卷八：「金陵人謂中酒（醉酒）曰酒惡。則知李後主詞云『酒惡時拈花蕊嗅』用鄉人語也。」

❻ 別殿：皇宮正殿以外的殿堂。簫鼓：簫與鼓，分別為管樂器和打擊樂器，這裏泛指各種樂器。

【賞析】

這首詞描繪宮廷豪宴中樂舞並進的景象，氣氛是熱烈而且是持續不斷的。

第一句是說宮室外太陽已高高升起，大約是午前八九點鐘吧。這句與《南齊書・天文志》「日出高三竿，朱色赤黃」意思相近。陸游《示兒輩》「高眠常到日三竿」，正說明時間不早的意思。可見此句描寫的是昨夜歌舞到深宵，今晨一覺醒來時天已大亮。側面寫前一個晚上縱情歡樂的情況，點明跳舞的時間。

第二句是寫為使舞者有一個香氣氤氳的環境，要在銅爐裏不斷依次添上一塊塊香炭。一、二句寫了時間和空間（背景）之後，第三句則進入舞蹈場面的細緻描繪，此句先寫紅錦製的地毯皺成一條條紋痕，這是輕盈的舞步在其上造成的。下半闋第一句緊接上句寫由於舞蹈的左旋右轉，佳人頭上所戴的金釵滑落了下來。這兩句均是間接描寫，從側面表現舞姿的狂烈程度。作者還選擇了兩個十分典型的細節達到此目的。接着寫自己一邊觀舞一邊歡飲，醉醺醺地要聞聞花蕊來解酒，使宴樂一直延續下去。最後一句寫這裏宮宴未罷，其他宮殿的簫鼓聲已遙遙傳來，可見那邊的宴樂亦未休，也許還剛剛開始呢！說明整個皇宮都陷入歡歌狂舞之中。

從李後主這篇早期的作品中可以看出，他善於使用白描來寫場面，即使是寫豪華的宮宴場面，他也沒有誇張渲染，使用的語言樸素自然，其中甚至以方言俗語入詞，例如第五句的「酒惡」。

一斛珠

【題解】

這首詞，《草堂詩餘別集》題作「詠佳人口」，《歷代詩餘》題作「詠美人口」。《清綺軒詞選》題作「美人口」。綜觀全詩，幾乎句句都離不開寫佳人口部（包括唇舌）的形狀與姿態之美。作者不是從靜態平面地描述，而是透過動態立體地來表現：不論是寫佳人口唇點上檀紅，向人吐露舌尖，用櫻桃小口歌唱，還是用嚼爛的紅絨對着情人含笑唾去，無不如是。在中國詩歌中，如此集中地描繪女性的美口，而且描繪得如此有戲劇情趣，是至為罕見的。詹安泰在《李璟李煜詞》中說：「給人印象最深的是結尾嚼絨唾檀郎的描寫，從這種動作中來表達女人的神態，在以前是沒有被發現過的。

此詞有人認為是作者寫歌女赴宴，從化妝出場到終場的整個過程；也有人說這是寫李後主甜蜜的戀情的。可以想見作者所深愛的這位女郎是有着一張善歌又富有表情的美麗的嘴的，所以他才會如此集中地環繞這張嘴的動態用筆，寫得如此迷人。

【譯注】

曉妝初過❶，	清晨剛剛梳洗妝扮，
沉檀輕注些兒箇❷，	再在唇上點抹些許濃檀，
向人微露丁香顆❸。	向人俏皮地微吐香舌尖。
一曲清歌❹，	一曲歌兒清亮婉轉，
暫引櫻桃破❺。	從櫻桃小口徐徐地送傳。
羅袖裛殘殷色可❻。	殘留的深紅唇印沾袖管，
杯深旋被香醪涴❼。	馬上又被杯中醇酒污染。
繡牀斜憑嬌無那❽；	嬌懶地斜倚着繡牀欄杆；
爛嚼紅茸❾，	把紅色的絨線嚼爛，
笑向檀郎唾❿。	含笑着向情郎唾吐耍玩。

❶ 曉妝：清晨梳妝。初過：剛剛完畢。

❷ 沉檀：指妝扮用的顏料。色深而帶潤澤者叫「沉」，淺絳色者叫「檀」。唐宋婦女多用作化妝品，或用於眉端，或用於口唇上，相當於現今的唇膏。點唇是當時貴族婦女的妝扮，五代詞人顧敻《應天長》詞云「背人勻檀注」、《虞美人》詞云「淺眉微斂注檀輕」，其意與此句同。輕注：輕輕注入，輕輕點上，輕輕塗抹。些兒箇：一些兒，一點點。是當時的方言。

❸ 丁香顆：丁香的花蕾，因其形似雞舌，故作為美人舌尖的代稱。

❹ 一曲：一首歌或詞曲。清歌：清麗的歌曲。

❺ 櫻桃破：張開口唱歌。櫻桃，指女性的美口。櫻桃樹的果實小，球形，鮮紅色，古人以女性小口為美，故有櫻桃小口之稱。

❻ 羅袖：絲綢的衣袖。裛殘：沾上（口紅）殘留的痕跡。裛，通「浥」，沾濕之意。殷色：深紅色，一說黑紅色。可：即可可，隱約模糊的樣子。

❼ 杯深：酒杯深，酒斟得很滿。香醪涴：香醇的美酒弄髒了（羅袖）。醪，本指混合着汁渣的酒，即酒釀，味甘香，引申為香醇佳釀。《後漢書·樊儵傳》：「又野王歲獻甘醪膏餳（麥芽糖）。」涴，弄污。

❽ 憑：靠着。嬌無那：無限嬌娜（嬌柔嫵媚），軀體不由自主（因為醉了）的意思。無那，無可奈何。

❾ 爛嚼：嚼進的爛。紅茸：紅色的絲線。茸，通「絨」，也叫茸線，刺繡用的絲線，有各種顏色。

❿ 檀郎：情郎。古代婦女暱稱丈夫或情人為檀郎，典出西晉文學家潘岳。岳貌美，深為當時婦女傾慕，驅車外出時，常為婦女所包圍，並向車上投水果，他往往滿載而歸。岳小字檀奴，婦女稱之為檀郎，後來成為對夫婿或所鍾愛男子的美稱。檀，比喻具有檀木的芳香。唾：把東西從口中吐出。

【賞析】

此詞寫美人歌宴的全過程，這位美人有着一張善歌的櫻桃美口。詞由曉妝着筆，寫美人早起，精心妝扮之後，又在嘴唇點注口紅，增添其色彩的艷麗，以贏取檀郎更多更深的愛。第二句以特寫鏡頭從整體寫出美人口脣的美。第三、四句寫美人開始引吭高歌，三句是唱前的準備動作，因為開口唱歌前，一定要顯露其舌尖，於是未聞其聲，先嗅其香，所以第四句從櫻桃口中引出的清麗歌聲就混合有馥郁的香味了。

下半闋特寫美人喝酒過程中的一些動作以及醉後嬌柔嫵媚的神態。由於杯深酒滿，喝時嘴脣沾上酒，便用衣袖去擦，把口紅印在上面，印跡隱約，並不明顯。後來越喝越多，有點醉了，酒杯拿不穩，酒灑出來，把衣袖弄污了 —— 這是前三句的內容。後四句則集中描寫美人醉後的神態，此神態通過她嬌柔嫵媚地斜靠繡牀以及嚼爛紅色絨線向情郎唾去的小動作細膩地表現出來。

本詞最有創意的是集中描寫美人的口（包括脣舌），然後通過一系列口部的形態、色澤、動作的細節，一個鏡頭接着一個鏡頭，有連貫性地栩栩如生地把它展示在讀者面前。在生活中，我們看到不少脣膏的廣告（不論在報刊或電視），它們的脣膏的色澤不論如何鮮艷亮麗，都不能像本詞將美人櫻桃小口展現得如此有吸引力。

玉樓春

【題解】

這首詞真實而生動地描繪了春夜宮中歌舞宴樂的盛況，場面十分豪華，但作者並沒有堆砌詞藻，而是以自然流暢的語言表現出來。

關於這首詞，清徐釚《詞苑叢談》載：「李後主宮中未嘗點燭，每至夜則懸大寶珠，光照一室如日中，嘗賦《玉樓春》宮詞云：『晚妝初了明肌雪⋯⋯』。」這一傳說可能與詞中末二句「歸時休放燭光紅，待踏馬蹄清夜月」有關，此為廣為傳誦的名句，表現出詞人高雅的美學趣味，值得一再咀嚼。

【譯注】

晚妝初了明肌雪 ❶，	梳好晚妝肌膚潔白似雪，
春殿嬪娥魚貫列 ❷。	春日宮殿宮娥依次排列。
鳳簫吹斷水雲閒 ❸，	簫聲響徹天地，
重按《霓裳》歌遍徹 ❹。	一再奏《霓裳》曲直至宴會終結。
臨風誰更飄香屑 ❺？	更有誰臨風灑香花碎屑？
醉拍闌干情味切 ❻。	醉時拍打欄杆情味真切。
歸時休放燭光紅 ❼，	散席歸時勿使紅燭放光，
待踏馬蹄清夜月 ❽。	讓馬蹄在清夜踏步明月。

❶ 初了：剛剛完畢。明肌雪：肌膚如雪一般明淨潔白。

❷ 嬪娥：宮娥，宮女，被徵選到宮廷裏服侍皇帝的女子，這裏指歌舞的宮女。魚貫列：有次序整齊地排列着。魚貫，游魚般一個接着一個地連貫而行。

❸ 鳳簫：即排簫，古代管樂器，由若干長短不同的竹管編排而成。《風俗通．聲音》：「舜作《簫韶》（樂舞名）九成（九闋），鳳凰來儀（有儀態而來），其形參差，象鳳之翼。」後人因稱簫為鳳簫。一說為蕭史教弄玉（二人為傳說中的神仙夫婦）吹簫，作鳳的鳴聲，把鳳引來，後人便把簫稱為鳳簫。吹斷水雲閒：（簫音）悠閒地傳送到水天相連的極遠處。吹斷，樂工盡量發揮出自己所能，達到極致。水雲，水和雲。多指遠水和天雲相連接之景。又水的波動與雲的飄浮有相似之處，流水行雲，更可象徵自然、悠閒的景狀與情趣，因此詩人常水雲連用。例如蕭慤《春日曲水詞》：「山頭望水雲，水底看山樹。」邵錦潮《蒹葭》：「伊人不可即，悵望水雲邊。」水雲閒，一作「水雲間」，可解釋為音樂充溢宇宙空間，把一切聲響都掩蓋了，水代表地下，雲代表天上。

❹ 重按：一次又一次地奏起。《霓裳》：《霓裳羽衣曲》或《霓裳羽衣舞》。唐代著名樂舞，傳說為開元（公元 713－741 年）中，西涼節度使楊敬述所獻，初名《婆羅門曲》，後經唐玄宗潤色並製歌詞，改用此名，後因戰亂，此曲散佚。後主得殘譜，經精通音律的大周后與樂師曹生按譜尋聲，補綴成曲。遍：疊。大曲一疊叫一遍。據說《霓裳羽衣曲》有十八遍，三十六段（每遍二段）。徹：整套歌曲的結尾部分稱曲破，而曲破又有多遍，所謂「徹」係指曲破的最後一遍。

❺ 香屑：各種香料製成的粉末，傳說李後主宮中設有宮女掌管焚香飄香的事務。一說香屑即百合香。

❻ 闌干：即欄杆。情味切：情味更加真切，即更有情味之意。

❼ 休放：不要燃放。燭光紅：紅色燭光。

❽ 待：將要。清夜月：「清」一詞兩用，既形容夜，也形容月。夜清，指夜晚環境清幽；月清，指月光清明。

【賞析】

此詞映現宮中宴樂的生活場面。上闋寫歌舞的盛況。第一句從宮娥梳妝初罷寫起，重點突出濃妝後肌膚的美，在形容雪白的同時，還加上個「明」字——明淨，明亮而潔淨，益增肌膚美的光彩，此句點明了宴樂的時間是晚妝後。第二句寫宮娥舞蹈隊伍陣容之盛以及行列的齊整有序，猶如群魚在水中連貫而行，「魚貫」還表現了舞姿的靈活。以上均是從視覺角度來寫。第三句轉而從聽覺方面來描述，因為有舞必有樂，舞姿優美，配以飄飄仙樂，相得益彰。前人常用響遏行雲來形容歌聲嘹亮，李後主另闋蹊徑，說樂師施展渾身解數，盡情演奏，悠揚的樂音，飛越宮殿，飄上高空，在水天相連處迴蕩，彷彿碧水和白雲亦隨着音樂旋律翩翩起舞，顯得那麼從容悠閒。詩人是以水容雲貌的「閒」間接表現鳳簫吹斷的藝術效果。第四句「重按《霓裳》」，一遍又一遍，一段又一段聽完十八遍三十六段大曲，說明李煜對大周后整理出的《霓裳羽衣曲》極度欣賞。

下闋從上闋的視覺聽覺角度轉換為嗅覺角度。第一句說在極盡聲色之娛後，開始享受香味帶來的愉悅，詞人明知香屑是宮女臨風灑放的，卻故意問「誰更飄香屑」，這是因為詞人完全陶醉在聲色香之中，加以當時他已酒酣，醉醺醺的哪分得出東西南北，誰人飄灑更無法辨清了。「更」字是承接上闋的聲色的享受而來，在目視耳聞之後，更加上嗅覺之娛。第二句是寫一面欣賞樂舞，一面飲美酒，酒酣之際不禁伴隨音樂節奏拍打欄杆，這時整個人的身與心統統融合在宴會的歡樂之中。歡樂的情味此時才體會得最為真切，興致已達到頂巔。至此歌舞宴飲之樂已經寫盡，詞已進入高潮，所剩的是回宮一節，怎樣才能寫得韻味無窮，對詞人的審美趣味與藝術技巧是一個考驗。李後主果然是箇中高手，他把生花的妙筆一轉，創造出一個紅燭熄滅、騎馬踏月的詩境。在春風駘蕩的夜晚，清涼如水的明月下，聽清脆的得得馬蹄聲，此一境界的靜謐與前面的紅火熱烈相對比，更顯得幽美雅致。其中所蘊涵的閒情逸致為作為帝王的李後主所獨有，因而是獨一無二，不可能重複的，予人的藝術享受也是無法從其他作品中得到的。

菩薩蠻

【題解】

中國帝王很少將自己的愛情故事宣示於人，像李後主這樣將自己與情人幽會的情景毫無避忌、形象地展示於世人面前，可以說是絕無僅有的，因而彌足珍貴，這亦顯示出李後主真實的一面。

詞中的女主角是小周后，她是皇后昭惠后（即大周后）娥皇的妹妹。據《南唐書》載，小周后「警敏有才思，神彩端靜」。昭惠后生病時，她常出入宮禁，和李煜發生了感情。一日，她立在帳前，昭惠后奇怪地問她為甚麼在這裏，她天真地答：出來數日。昭惠后於是生氣不再理睬她。昭惠后去世後，李煜立她為國后。這首詞可能是昭惠后死後未立她為后前二人幽會時所作。

據《傳史》云，後主在與小周后成婚前已把此詞製成「樂府」，任其外傳。成婚時，大臣韓熙載、徐鉉等寫詩嘲諷他與小周后的不軌行為，他也不在乎，可見他是多麼享受這一難得的幽會。

讀這首詞，要仔細玩味上半闋的第三、四句「剗襪步香階，手提金縷鞋」，敘寫女主角脫鞋只着襪赴約，提心吊膽悄行的神態。由於形象生動，詞傳出後某些畫家為之繪圖題詠。海昌馬衎齋曾令畫工畫小周后提鞋圖，題詠者甚眾，有一首題詩云：「一首新詩出禁中，爭傳纖指掛雙弓。不然誰曉深宮事，畫取春情付畫工。」

【譯注】

花明月黯籠輕霧，	花兒明艷月色黯淡輕霧飄浮，
今宵好向郎邊去❶！	今晚才有機會到愛郎那邊去！
剗襪步香階❷，	只穿襪子走過芬芳臺階，
手提金縷鞋❸。	手裏提着金線編繡的鞋。
畫堂南畔見❹，	在華麗的廳堂南畔相見，
一向偎人顫❺。	久久依偎懷中陣陣抖顫。
奴為出來難，	出來與你相會多麼困難，
教君恣意憐❻。	一任你縱情地百般愛憐。

❶ 好：可以。

❷ 剗襪：只穿襪子，以襪踩地。香階：鋪滿香花的臺階，形容臺階的美。

❸ 金縷鞋：鞋面以金線編繡的鞋子。

❹ 畫堂：以彩畫為飾的華麗廳堂。

❺ 一向：同「一晌」。張相《詩詞曲語詞彙釋》:「有指多時者，有指暫時者。」此處宜解為「多時」，與「顫」(全身顫抖）連起來才能表現出女主角偷偷出來與情人幽會時激動緊張的心情。

❻ 恣意：任意，放縱，無所顧忌。憐：愛憐，愛撫。

【賞析】

這首詞主要是寫一個女子與情人幽會前複雜的心態，而這心態是透過特定的環境中行為的細節一層層漸次地顯示出來的。

首句寫出適合於幽會的優美環境。月色朦朧，薄霧輕籠，春花明艷。次句說值此良宵，正是與情人幽會的美好時刻。注意「好」的含意可以解釋為是去與情人相會的美好夜晚，也可以解釋為這位女子等待幽會的日子已經很久了，好不容易才等到 —— 可以幽會了，表現出人物焦急於會面的心理活動。三、四兩句通過兩個連續的動作，脫下鞋子提在手上，然後腳着襪子輕盈敏捷地步過臺階奔向幽會地點，用俚俗的語言顯示出赴約女子提心吊膽的緊張的神態，可見詞人觀察的細緻。

下半闋首兩句，寫情人幽會時的情景：經過驚惶緊張之後，願望終於實現，被壓抑的感情，終於像開閘的水流迸發出來。在情人的懷抱中，由於過分激動，因而抖顫良久。末兩句寫女主角情不自禁獻身情郎，因為他們幽會的機會太難得了。這兩句寫得較直露，是情到極處的自然表現，由於情誠意真，因此並不給人猥褻的感覺，王國維說「專做情語而絕妙者」，正道出其特徵。

比李煜略早的詞人牛嶠（公元 850－920 年）也填了一首同一詞牌的詞：「玉爐冰簟（涼席）鴛鴦錦，粉融香汗（粉脂和汗水融合在一起）

流山枕，簾外轆轤聲，斂眉含笑驚。柳陰煙漠漠，低鬟蟬釵落。須作一生拚，盡君今日歡。」兩者內容的不同之處在於李詞寫幽會前和相見時的場面，牛詞則集中寫幽會時交歡的情景，寫得十分露骨，正如清人彭孫遹《金粟詞話》針對其最後兩句的評語：「牛嶠『須作一生拚，盡君今日歡』是盡頭語，作艷語者無以復加。」二詞相比，就可看出藝術性及格調之高低。

菩薩蠻

【題解】

前一首《菩薩蠻》是寫女子（小周后）前往與情郎（李煜）幽會的過程，這首則寫男子來到畫堂與女子相見的情景。前者重幽會前的提心吊膽以及相會後的盡情歡樂，後者重相會時周圍的環境、氣氛、女子的美姿麗態，以及四目相對一剎那的無限情意。

【譯注】

蓬萊院閉天台女❶，	蓬萊仙境似的庭院幽居着天仙般美女，
畫堂晝寢人無語❷。	她在華麗的廳堂晝寢周圍靜寂無人語。

拋枕翠雲光❸，	散覆枕畔濃黑如雲的頭髮閃閃發亮光，
繡衣聞異香❹。	繡有花紋的衣衫上散發出奇異的芳香。
潛來珠瑣動❺，	偷偷地進入閨房引致珠瑣微微地擺動，
驚覺銀屏夢。	驚醒了銀色屏風後面美人旖旎的酣夢。
臉慢笑盈盈❻，	柔嫩美麗的面容展露出迷人笑態盈盈，
相看無限情❼！	兩人默默相視無限的情意盡在不言中！

❶ 蓬萊：古代傳說中東海神山之一，為神仙居處。《史記．秦始皇本紀》：「齊人徐市等上書言：海中有三神山，曰蓬萊、方丈、瀛洲。」院：庭院。閉：閉門（謝絕來客）。天台女：天台山的仙女。天台山，在浙江天台縣北，傳說漢朝時，劉晨、阮肇入天台山採藥迷路，遇二仙女，共宿其家，半年後還鄉，子孫已經歷七代。古代詩詞中常用天台女指稱美女。

❷ 晝寢：白天睡覺。

❸ 拋枕：頭髮散開覆蓋在枕邊。翠雲：形容女子秀髮如烏雲般濃密鬈曲。光：潤澤閃光。

❹ 異香：奇妙的芬芳。

❺ 潛來：悄悄進屋。珠瑣：可能是指以環相扣連的環瑣，也可能是指門上或身上的飾品。

❻ 臉慢：剛從夢中醒來的柔美的面容。慢，「曼」的假借字，形容姿容柔嫩美好。盈盈：笑態可愛的樣子。

❼ 相看：兩眼相對着看。無限情：情意無限。

【賞析】

詞的上半闋首句先從美人居處如蓬萊仙境般的幽美寫起，次句寫她正晝寢，周圍靜寂無聲，無人來打擾清夢。她內心寂寞，沒有人與她對話，每天等待情郎到來。三句寫美人烏黑鬈曲濃密的頭髮覆蓋在枕上，五個字不但寫出鬢髮的形狀、光澤和色彩，還表現了她熟睡時的姿態。四句轉而寫透過繡衣散發出陣陣的異香。這四句聽覺、視覺、味覺全寫到了，構成了一幅絕佳的美人圖。

下半闋首兩句寫躡手躡腳悄悄進入室內，珠瑣微微地擺動，驚醒了銀屏後美人的酣夢，這裏暗示了美人的等待，因而微小的聲音都能使她驚醒。最後兩句寫醒後美人的欣悅，以及四目相對時透露出的無限情意。一切的濃情蜜意，盡在相視的不言中，此時可以說是無聲勝有聲。這幾句寫得極有層次，從「潛來」到「驚覺銀屏夢」，再到「笑盈盈」，最後「相看無限情」，像波浪一層層向前推進，達到高潮，至此止筆，留下空間讀者去填充，使人有「言有盡而意無窮」之感。

菩薩蠻

【題解】

有人說這首詞和前兩首一樣，都是寫李後主與小周后的戀情的，由於詞中主人公的身份未明白道出，因此可以把它看成是寫一個男子在宴會上與一個女樂師的情愛交流。

【譯注】

銅簧韻脆鏘寒竹❶，	竹製管樂器傳送出清脆聲響，
新聲慢奏移纖玉❷。	纖纖玉手移動吹奏新的樂章。
眼色暗相鉤❸，	眼色在暗地裏互相傳遞濃情，

秋波橫欲流❹。	生動的目光秋水般澄澈清瑩。
雨雲深繡户❺，	期望在深幽的閨房與你共歡，
未便諧衷素❻。	兩情雖相悦願望卻無法實現。
宴罷又成空❼，	宴罷散去各奔東西一切成空，
魂迷春夢中❽。	魂魄飄蕩迷失在春日夢境中。

❶ 銅簧：樂器中吹動能發聲的銅製薄片。韻脆：清脆的聲響。鏘寒竹：寒竹製的管樂器發出鏗鏘的聲音，是「寒竹鏘」的倒裝。鏘，鏗鏘，形容有節奏而響亮的聲音。寒竹，竹製的管樂器如簫、笙、笛等等，因竹性寒，故稱寒竹。全句乃互文，即應為「銅簧韻脆，寒竹韻鏘」。

❷ 新聲：新曲，新製的樂章。纖玉：纖細而雪白如玉的手指。玉，玉指。

❸ 暗：暗暗地。相鉤：互相傳情，互相吸引。鉤，吸引。

❹ 秋波：指女子的眼睛，形容眼睛明亮，清澈如秋水。橫欲流：傳情的目光如流水般來來去去。此句把眼睛比做秋波，因此會「流」，是用通感修辭法。

❺ 雨雲：宋玉《高唐賦序》言楚王夢與神女相會高唐（臺觀名），神女自謂「旦為行雲，暮為行雨，朝朝暮暮，陽臺之下」。後人稱男女歡合為「雲雨」，此句中「雲雨」也用此意，期望可以在幽深的閨房中交歡。繡戶：雕繪華美的門戶，多指女子居住處。

❻ 未便：不能順利。諧衷素：與內心的願望一致，即實現內心的願望。諧，和諧，一致。衷素，衷情，內心想與女方和合的情意。

❼ 宴罷：宴罷席散。又成空：又一次只是一場空。可見以往有過相見而未能幽會的情事。

❽ 春夢：春天般繁華美麗的夢。

【賞析】

這首詞上闋首句寫女樂師吹奏笙簫音韻的清脆鏗鏘，從音韻的優美過渡到第二句 —— 吹奏者移動的細長柔嫩的玉手的迷人，表面上是寫手，實際上是寫姿容的動人，這是從部分顯示全體的寫法，給人留下了想像的空間，兩句中曲美和人甜水乳交融。三、四句寫二人情不自禁在大庭廣眾之下眉目傳情，目光中流溢着柔情蜜意。「暗相鉤」的「鉤」字用得好，道出了戀愛中情人的眼神鉤人魂魄的魔力。

下闋寫男主角不滿足於現有情況，希望能與女主角有更進一步的接觸，能有肌膚之親，但礙於客觀的阻撓，不能實現心願，結合《菩薩蠻》（花明月黯籠輕霧），可以想見李後主與小周后幽會的艱難。這首詞後四句表現相愛者只能眉目傳情而不能幽會。最後兩句只能無可奈何地說，幽會的願望在宴會進行中以為可以實現，但宴罷之後才知道希望不過是一場空，只有寄託在春日的夢境中。那種失望之情，令人黯然神傷。

有人認為下闋「雨雲深繡戶，未便諧衷素」寫到男女歡合，如果別人寫便粗俗不堪，而在後主筆下卻不會給人這種感覺。例如徐士俊云：「後主詞率意都妙，即如『衷素』二字，出他人口便村（粗俗）。」（《古今詞統》卷五）俞陛雲說：「幽情麗句，固為側艷之詞（艷麗而流於輕佻之詞），賴次首末句以迷夢結之，尚未違貞則（堅守正道而不淫穢）。」（《南唐二主詞輯述評》）

子夜歌

【題解】

這是李後主早期的作品，反映詞人春暖花開之時在宮苑裏賞花、飲酒、賦詩等十分寫意的生活。詞中表現了「花開堪折直須折，莫待無花空折枝」的及時行樂的思想。對於偏安於江南一隅，強敵（北宋）虎視眈眈，國家隨時會被鯨吞的李煜，有此想法是可以理解的。

《子夜歌》，唐教坊曲名，亦名《重疊金》，即《菩薩蠻》。

【譯注】

尋春須是先春早❶，	尋春必須早於春天來到，

看花莫待花枝老❷。	觀花不要等到花兒謝了。
縹色玉柔擎❸，	雪白柔嫩的手酒杯高擎，
醅浮盞面清❹。	滿杯濁酒喝得乾乾淨淨。
何妨頻笑粲❺，	大家不妨頻頻笑容燦爛，
禁苑春歸晚❻。	禁苑裏的春天歸去較慢。
同醉與閒平❼，	痛飲共醉任意議論品評，
詩隨羯鼓成❽。	詩歌跟隨羯鼓樂聲完成。

❶ 先春早：比春天先到、早到。意思是剛收到春天來到的訊息（例如草木剛萌芽）時就要把它找到，早點去接近它、欣賞它。

❷ 花枝老：枝上的花朵枯萎凋謝。

❸ 縹色：青白色。玉柔：潔白而又柔嫩，借指女性美麗的手。擎：向上舉，往上托。

❹ 醅：未過濾的酒。浮：浮白。本來是指罰酒，後來轉稱滿飲一大杯為浮一大白，或浮白。白，酒杯。

❺ 頻：屢次。粲：露齒而笑。

❻ 禁苑：帝王的園林（可以在其中植林木養禽獸），因為禁止人們自由進入，故稱禁苑。春歸晚：春天離開得較別處為晚，即禁苑裏的春景逗留得較久。

❼ 閒平：隨意品評。平，通「評」。

❽ 羯鼓：中國古代打擊樂器，盛行於唐朝開元、天寶年間，形狀如漆桶，放在牙牀（用象牙裝飾的眠牀或坐榻）上面，兩頭都可以擊打。又名兩杖鼓。由於是南北朝時從西域羯族傳入，故稱羯鼓。

【賞析】

從詞的下闋第二句「禁苑春歸晚」可以看出，詞是寫於暮春。詞人趁春天未歸之時在禁苑賞花飲酒、聽樂賦詩。正因為已臨暮春，所以詞一開始就說：「尋春須是先春早，看花莫待花枝老。」其中暗含尋春遲了的遺憾，當然這兩句亦蘊含人生不應讓光陰悄悄溜走，而要及時行樂之意。此外，此兩句不由使人想起宋黃庭堅的《清平樂》中「春歸何處？寂寞無行路。若有人知春去處，喚取歸來同住」對春天的呼喚，以及下闋的對春已歸去的尋尋覓覓，終於又找不到蹤跡的惆悵。為了避免春走了之後才尋春的遺憾與惆悵，所以早早尋春還是大有必要的。

李後主暮春時在禁苑中賞春，雖然是遲了些，但是有醇酒美人樂音相陪，豈能不樂也融融？從「頻笑粲」可以看出歡樂的神態；「詩隨羯鼓成」，則顯示了興致之高。

喜遷鶯

【題解】

這首詞寫破曉夢醒後對所愛的人的思念之情，表現了詞人內心的孤獨寂寞、惆悵迷惘。一般詞評家都認為這是李後主亡國前的作品。此詞可能為思念亡妻昭惠后作，她「通書史，善歌舞，尤工琵琶」。此時見落花而懷念她，希望能見到她翩翩舞姿，是很自然的。但俞陛雲有另一種解讀，他說：「殆失國後所作。春晚花飛，宮人零落，芳訊則但祈入夢，落紅則留待歸人，皆極寫無聊之思。」好詩常朦朧多義，人們可從不同角度來欣賞，以取得相異的美感。

【譯注】

曉月墜 ❶，	拂曉的殘月沉墜，
宿雲微 ❷，	隔夜的雲影淡稀，
無語枕憑欹 ❸。	默默無語枕上輾轉憑倚。
夢回芳草思依依 ❹，	夢醒不見伊人不禁別思依依，
天遠雁聲稀。	天際的雁聲漸漸地遠去。
啼鶯散 ❺，	啼囀的鶯兒飛散，
餘花亂 ❻，	殘花凋落紛紛亂，
寂寞畫堂深院 ❼。	身處寂寞畫堂深深庭院。
片紅休掃盡從伊 ❽，	片片的落紅任由它飄墜一地，
留待舞人歸 ❾。	留待舞姬歸來再看美姿。

❶ 曉月：天將亮時的月亮。

❷ 宿雲：前一個晚上的雲彩。微：少，薄。

❸ 憑欹：斜靠着。憑，靠着；欹，傾斜。憑，一作「頻」，屢次的意思。

❹ 夢回：從夢裏醒來。芳草：香草，喻美人、佳人。依依：戀戀不捨的樣子。

❺ 啼鶯：啼聲婉轉如歌的黃鶯。黃鶯，即黃鸝，鳥名。羽毛黃色，從眼邊到頭後都有黑色斑紋，嘴淡紅色，鳴叫的聲音很悅耳。

❻ 餘花：指春末夏初尚未凋謝的殘花。

❼ 畫堂：以彩畫為飾的華美廳堂。

❽ 片紅：片片的落花。休掃：不要打掃。盡從伊：任由她去。伊，她，指落紅。

❾ 舞人：善舞的佳人。

【賞析】

全篇寫主角拂曉夢醒之後思人的心理活動。從「芳草思依依」的「芳草」以及「留待舞人歸」的「舞人」可以確定為這是男子思念女子之作。

上闋首兩句形容破曉夢回的情景，天快亮月兒已沉落，白雲亦漸漸地淡去。三句寫醒後寂寞，無人共語，頻頻翻轉身子，斜靠在枕頭上，說明醒後難再入眠。四、五句道出難再入眠是因為思念芳草（佳人），深情依依，無限留戀，耳邊只聽到雁聲遠去，並沒有帶來任何信息。

下闋一開始寫暮春景色：黃鶯飛散了，聽不到枝頭上婉轉的鳴囀，紅花紛紛飄落，亂灑一地。之後轉而寫畫堂深院的空寂無人，襯托自己的孤獨無聊。最後兩句是說，切莫把片片的落紅掃掉，讓她自由飛舞鋪滿深深的庭院，留待「舞人」歸來，在上面婆娑起舞，使寂寞的庭院熱鬧起來，充分表現了對舞人歸來的殷切期待。

這首詞上下闋均是前三句寫景，後兩句寫情，景為情而設，景色為人物的心理活動服務，達至情景交融，感人至深。

采桑子

【題解】

這是一首寫得十分細膩的懷人的詞，可能是為懷念逝去的大周后娥皇而作。大周后與李煜結褵十年，二人都雅愛藝術，志趣相投，情愛深篤。她的去世使李煜悲痛莫名，當時曾寫下長約二千言、字字血淚的悼念文章《昭惠周后誄》表達哀思，此詞末兩句「可奈情懷，欲睡朦朧入夢來」可見他對大周后的日思夜想。

俞陛雲在《唐五代兩宋詞選釋》中把它與前首《喜遷鶯》均定為後主亡國後的作品，乃是根據詞中「不放雙眉時暫開」句下結論的，因為被軟禁，行為受種種限制，有所怨恨，因而終日愁眉不展，此說法可資參考。

【譯注】

庭前春逐紅英盡❶，	庭院前春光隨紅花凋零而消逝，
舞態徘徊❷，	風中飄舞來來回回，
細雨霏微❸，	細雨濛濛四處揚飛，
不放雙眉時暫開❹。	不讓那緊鎖着的雙眉瞬間展開。
綠窗冷靜芳音斷❺，	綠紗窗前冷清寂寞音信已斷絕，
香印成灰❻。	盤香燒盡已經成灰。
可奈情懷❼，	無可奈何綿綿情懷，
欲睡朦朧入夢來。	正要睡着朦朧中你入我夢裏來。

❶ 逐：追逐，追隨。紅英：紅花。盡：終了，指春天過去了。

❷ 舞態：花兒凋落時在風中飄舞的姿態。徘徊：飄過來飄過去，迴旋飛舞。

❸ 霏微：形容細雨濛濛或細細飄灑的樣子。

❹ 不放雙眉：不放開緊鎖的雙眉。時暫開：短暫時間的舒展。

❺ 綠窗：綠霧遮滿的窗子。有人把這首詞說成是閨怨詩（描寫少婦哀怨的詩），把紗窗解釋為少婦的閨房，聊備一說。

❻ 香印：即印香。把多種香料搗成末，調和均勻後灑在銅做的印盤內製成的薰香，通常製成篆文「心」字的形狀，所以也叫篆香。宋李清照《滿庭芳》:「篆香燒盡，日影下簾鉤。」宋蔣捷《一剪梅》:「心字香燒。」清納蘭性德《夢江南詞》:「心字成灰。」香印燒成灰，比喻時間久長，心灰意懶。

❼ 可奈：無可奈何。情懷：心情。

【賞析】

詞上闋用暮春的花謝花飛、紅落香斷的景色襯托主角的淒慘悲苦。第一句不說春天已過去，紅花飄落，百花凋零，卻用擬人手法說春光追逐紅花的凋零而不見蹤影。其實從人的具體感覺來看，因為看到花謝花飛的景象才發現春去也，從不同的角度可以有不同的寫法，這就是文藝源於現實而又高於現實（因為已加入作者的情思，經過藝術加工）的道理了。第四句不直接寫自己為思念的悲愁所煎熬，而說「不放雙眉時暫開」，把抽象的愁思用具體形象的「緊鎖的雙眉永無展開之時」來表現，以「不放」二字說明情非得已，可見「愁思」對他逼迫得多麼緊繃。

上闋寫暮春景色，下闋退回來寫自己與大周后幽冥相隔，音信斷絕，越益感到居室的冷靜寂寥難耐。枯坐多時，看着篆字心形的印香燃燒成灰燼，本身亦是一寸相思一寸灰。極端絕望之際，被相思纏繞得十分疲憊，昏昏欲睡之時，伊人卻入夢中來，思念之苦在最後一句中表現得淋漓盡致，其情真是可憫啊！

長相思

【題解】

這首詞寫風雨相和的秋夜，一個少女無法排遣的寂寞與惆悵，作者先寫她的裝束、服飾、表情，最後寫到內心深處。全詞樸素無華，渾然天成，好像脫口而出，語言輕盈活潑，有濃厚的民歌風味。

【譯注】

雲一緺❶，	頭髮束着青緺，
玉一梭❷，	插着玉簪的梭，
淡淡衫兒薄薄羅❸，	衣裳淡雅羅裙薄薄，

輕顰雙黛螺❹。	輕輕地把雙眉鎖。
秋風多， 雨相和❺， 簾外芭蕉三兩窠❻。 夜長人奈何！	秋風吹何其多， 雨啊又來相和， 窗簾外芭蕉兩三棵。 長夜漫漫如何度過！

❶ 雲：頭髮，謂頭髮濃密軟柔。緺：青紫色的繫頭髮的絲帶，做裝飾用。

❷ 玉一梭：玉梭，梭形的玉簪。簪，簪子，婦女用來綰髻（把頭髮盤繞起來打成髻）的首飾，由金屬、骨頭、玉石等製成。一說「玉」指潔白如玉的女子的手指，「梭」是形容手指的靈敏。梭本來是織布時牽引緯線（橫線）的工具，兩頭尖，中間粗，形狀如棗核，織布時梭子來回活動，叫穿梭。上下兩句中「一緺」、「一梭」的「一」表示「束髮」和「插簪」的動作是一次短暫的試妝，因為婦女妝扮時要在鏡前左試試右試試，直到滿意為止。

❸ 淡淡：清淡，淡雅。衫兒：古代女子穿的短袖的上衣。羅：羅裙，稀疏而輕軟的絲織品製成的裙子。

❹ 輕顰：微微皺眉。黛螺：即螺子黛，古代婦女畫眉時用的青黑色礦物顏料。由於黛墨形狀似螺，故亦稱螺黛，這裏借指眉毛。

❺ 雨相和：風聲和雨聲交織，相互應和。

❻ 窠：同「棵」，芭蕉樹的量詞。

【賞析】

這首詞上闋寫女子的髮型、頭飾、衣裙的顏色和質地，展示其儀容，再從輕皺的雙眉透露其內心的怨愁，重在寫人。下闋換一個角度，從景物描寫開始，窗外淒風苦雨，風聲雨聲相互應和，加上風吹雨打芭蕉的聲響，一聲聲都敲打在無眠的女子的心上，更襯托出她難耐的孤獨與寂寞，使她覺得這個秋夜是如此漫長，如此難捱，達致情景交融的效果。

此詞寫得極有層次，對女主角的情緒變化是由淺入深，由輕而重。從「輕顰雙黛螺」到感歎「夜長人奈何」是逐步深入的。此外，作者能用寥寥幾筆將人物的儀態容貌及其心理活動形象地勾劃出來，充分展示了高度的藝術技巧。

唐圭璋在《李後主評傳》中說：「疊寫出美人的顏色、服飾、輕盈裊娜，正是一個『梨花一枝春帶雨』的美人，而後疊拿風雨的環境襯出人的心情，濃淡相間，深刻無匹。」正道出該詞的妙處。

柳枝詞

【題解】

《柳枝》，本來是民間歌謠，名《折楊柳》，漢魏樂府中有《折楊柳行》、《折楊柳歌辭》等。唐詩亦名《楊柳枝》，白居易、劉禹錫、李端等都寫過這類詩，五代詞名《楊柳》。

這首詞是李煜為宮女慶奴作的，而且是書寫在扇面上。據宋張邦基《墨莊漫錄》卷二載：「江南李後主嘗於黃羅扇上書賜宮人慶奴云：『風情漸老見春羞（下略）。』想見其風流也。扇至今傳在貴人家。」侍奉李後主左右的有許多宮女，慶奴只是其中之一。從這首詞可以看出他對宮女是很有感情的。詞的末句中，通過柳絲輕輕拂拭年華逝去宮女的臉龐暗示自己不會忘記她，可見李煜不同於一般荒淫無恥的皇帝，而是相當有人情味的。

【譯注】

風情漸老見春羞❶，	紅顏老去見到春天形穢自羞，
到處銷魂感舊遊❷。	處處令人傷心思念同遊舊友。
多謝長條似相識❸，	多謝長長枝條似乎仍然相識，
強垂煙穗拂人頭❹。	強垂濃密的穗兒輕拂着人頭。

❶ 風情：風月之情，流露出來的男女相愛之情，這裏指青春年華，因為談情說愛是青年人的事。見春羞：見到明媚的春光自慚形穢。

❷ 銷魂：魂魄離開肉體，形容極度哀傷或極度歡樂時心神恍惚，不能自制。這裏指極度哀傷。一作「芳魂」，美人的魂魄，指美麗的宮女們的蹤影。

❸ 長條：柳樹長長的枝條。

❹ 煙穗：煙柳（春天煙霧籠罩的柳林）的穗。穗，植物的花或果實叢生莖的頂端叫穗。

【賞析】

這是一首李煜贈給宮女慶奴的詞，作者是以宮女的角度來抒發感情的，當然其中浸濡了自己對宮女的無限同情。

第一句是說韶華已逝人老珠黃，而面對姹紫嫣紅的春天不免自慚形穢。第二句寫所到之處見到的景物都使人想起同遊的舊友而不禁黯然銷魂。最後兩句說，所幸長長的柳條多情，並沒遺棄她，仍把她當成好朋友，盡力低垂下穗兒輕拂着她的頭髮、顏面和身體 —— 其實是撫摸着那枯寂破碎的心。這兩句是作者安慰慶奴：不要為紅顏不再孤苦無依而哀傷，人間畢竟有情，我和其他的人仍然關懷着你。

第一句寫得很新巧，頗能表現婦女紅顏漸老的心態，因為年老色衰而羞於見人，顯示出對年華老去的恐懼，現代婦女老了要去皺，務必將自己整得年輕些，就是這種心態的驅使，可見婦女以美為自己的生命自古已然。最後三句描述老宮女因衰老而傷感，渴望得到關懷的心態躍然紙上，展示李煜是一個較為仁慈的帝王，扇面上為宮女題詞已經不容易，在詞中還予以慰藉，就更難得了。

漁父

【題解】

《漁父》，詞調名，一名《漁歌子》，共兩首，均是李煜早期的作品。在詞史上，最早寫《漁父》詞的是唐代詩人張志和。他公元756年前後在世，唐肅宗時因事貶官，後隱居江湖，自號煙波釣徒。他每次垂釣都不投餌，目的不在釣魚，自娛而已。作品多寫隱居時的閒適生活，現在只留下漁歌（即《漁父》）五首，詞中的漁父實是遁跡江湖、寄情山水的隱士的化身。

這兩首《漁父》都是李煜為題畫而寫的詞。宋阮閱《詩話總龜》云：「予嘗於富商高氏家觀賢（指南唐畫家衛賢）畫《盤車水磨圖》及故大丞相文懿張公（指宋仁宗朝宰相張士遜）第存《春江釣叟圖》，上有南唐李煜金索書（一種書體）《漁父》詞二首。」又《古今詩話》:「張文懿家《春江釣叟圖》上有李煜《漁父》詞二首。」可見此首與下一首均是題在同一幅畫上。

古代宮廷中，皇族為了奪取繼承權，多自相殘殺，置父子兄弟骨肉親情於不顧，李煜當時就生活在宮廷鬥爭的漩渦之中：大哥弘冀對王位有野心，為此曾把叔叔景遂殺了；他對李煜出眾的才華也很嫉恨。李煜性格懦弱，生怕招來殺身之禍，於是不敢過問政事，只是埋首於經籍，徜徉於書法、繪畫、詩詞之中，所以有遁跡江湖的念頭是不足為奇的，從他自號鍾隱，有鍾山隱士等別號，可見其對隱居生活的嚮往。

李煜這首詞借對漁父垂釣閒適生活的描述，表現了自己對遠離宮廷，過無拘無束、自由自在生活的無限憧憬。

【譯注】

浪花有意千重雪❶，	浪花有情捲起千層的雪波濤，
桃李無言一隊春❷。	桃李無聲無息送來絢麗的春。
一壺酒，	一壺美酒，
一竿綸❸，	一竿釣綸，
世上如儂有幾人❹？	世上像我這麼逍遙的有幾人？

❶ 千重雪：江水洶湧捲起一層層白雪般的波濤。千重，千層。千，多的意思。這句與蘇軾《念奴嬌．赤壁懷古》中的「驚濤拍岸，捲起千堆雪」的意境相似，蘇詞脫胎於此。

❷ 桃李無言：《史記．李將軍列傳贊》說：「桃李不言，下自成蹊。」意思是說桃李樹雖然不言語，但是它們的繁花甘果吸引着人們到來，久而久之，自然因走

的人多了，踩出一條道路來。蹊，小路。

❸ 綸：粗絲綿，特指釣絲。

❹ 世上：一作「快活」。儂：我，與上海方言中的儂指「你」不同。

【賞析】

這首詞是李煜完全陶醉在衛賢所畫的《春江釣叟圖》中寫出的。他已經渾忘自己是身在帝王家，而竟是蕩舟於萬頃碧波中的釣叟了。

全詞以漁父的語言和口氣寫出，一開始就用擬人法表現江水在嬉戲，有意地捲起層層疊疊雪般的波濤，與整齊地排列在岸上默默開放，把無邊的春色展現出來的紅桃白雪互相映照。「桃李無言」本是諺語，詞人在此活用了，以與「浪花有意」成對，起擬人作用。正是在這樣如詩如畫的大自然美景中，漁父悠然自得地一手提着酒壺，一手持着魚竿垂釣，他目的只是在釣的樂趣，至於釣不釣得到魚，那就順其自然了。也許他也是像張志和那樣的煙波釣徒，魚竿並沒有餌呢！由於太快活了，漁父情不自禁地迸發出「塵世上好像我這般快活的人究竟有幾個」的感歎。這一感歎也道出了陷於政治鬥爭漩渦的李煜對衝出宮廷，過無牽無掛、無憂無慮的自由生活的無限嚮往。所以這句話可以看作是李煜的心聲。末句用對話，使人如聞其聲，如見其人，整個畫面生動起來，正是技巧高超所在。又末句「世上」另一版本作「快活」，還是以前者為佳：「快活」說得太顯露，不必寫出，可以意會；「世上」不但可意會，還更顯出其普遍性。

漁父

【題解】

這首漁父詞，與前首同是在題寫衛賢畫的《春江釣叟圖》。二詞主旨相同，都表現詞人想擺脫宮廷為爭奪王位而鬥爭的污濁環境，與清淨的大自然為伍，過悠閒無憂生活的意願。內容則與前首相銜接，並做了補充，前者重點擺在漁父生活的逍遙快活，後者則置於其自由自在，當然兩者不可截然分開，而是互相滲透、互相融合的。

【譯注】

一櫂春風一葉舟❶，	迎着春風一枝長槳一葉扁舟，

一綸繭縷一輕鈎❷。	垂釣江上一縷絲線一個魚鈎。
花滿渚❸，	鮮花開遍了小洲，
酒滿甌❹，	美酒斟滿了陶甌，
萬頃波中得自由❺。	在萬頃碧波中享受到自由。

❶ 櫂：船槳，長的稱棹，短的稱楫。一葉舟：一隻小船。一葉，形容小船像一片葉子漂在水面，小而輕。

❷ 繭縷：絲線。繭，蠶繭，本指蠶成蛹之前吐絲做成包裹自己的殼，這裏代指絲。

❸ 渚：水中小塊陸地。

❹ 甌：陶製的杯、碗，飲具。

❺ 萬頃：形容江河面積的無限寬廣，無邊無際。頃，土地面積單位之一，百畝為頃。

【賞析】

這首詞短短二十八字，在詞人筆下毫不費力地流瀉出來，輕輕鬆鬆，自自然然，藝術中的揮灑自如與心神的無拘無束水乳交融。

與前首的首兩句用對偶不同，此首用的是排比，詞中重複使用四個數詞「一」，然後在相同的數詞後使用了四個不同的十分形象的量詞，這種不變中有變，變中又有不變，既使人不覺單調，又使人不感雜亂，正是藝術技巧純熟的表現。還有「一」字與後面的「萬頃」的「萬」字相映照，單獨一人在無邊廣闊的天連水、水連天的江河中活動，你說自由不自由，「得自由」三字才有了着落。此首詞的意境使人想起蘇軾《前赤壁賦》的

「縱一葦之所如，凌萬頃之茫然」（任憑小船隨意漂蕩，越過茫然無際的江面）。蘇軾形容自己置身於這種情景時的感覺是：「浩浩乎如憑虛御風，而不知其所止；飄飄乎如遺世獨立，羽化而登仙。」他猶如乘着長風浩浩蕩蕩地在雲端飛翔；彷彿展開雙翅飄飄然脫離塵世飛升九霄，成了神仙。他把「萬頃波中得自由」的「自由」二字具體化了。

搗練子

【題解】

這首詞有的版本題作《春恨》，或題作《閨情》，是一首寫閨怨的詞。一個美麗的少婦，憑倚欄杆遠望，等待久別的行人，但行人卻遲遲不歸，極度失望之餘，不禁淚下漣漣。一般閨怨詩詞，多集中在抒寫思婦的離愁別恨，例如歐陽修的《踏莎行》:「離愁漸遠漸無窮，迢迢不斷如春水。寸寸柔腸，盈盈粉淚，樓高莫近危欄倚。平蕪盡處是春山，行人更在春山外。」但這首詞，離愁別恨似乎表現得相當含蓄，大量篇幅是擺在思婦美麗的容貌（鬢髮、眉毛、腮頰、雙手）與姿態（皺眉、托腮、倚欄）上，誰都愛美，美受到傷害自然會引起人們的同情。

【譯注】

雲鬟亂❶，	濃黑的鬢髮蓬亂，
晚妝殘❷，	傍晚化的妝已缺殘，
帶恨眉兒遠岫攢❸。	含恨的眉頭像遠峰緊蹙不展。
斜托香腮春筍嫩❹，	斜托腮頰的手指細嫩如春筍，
為誰和淚倚闌干？	你是為誰噙着淚珠憑倚欄杆？

❶ 雲鬟：烏雲般黑而濃密的鬢髮。亂：蓬亂，鬆散而雜亂。

❷ 晚妝：晚上的妝容。殘：殘缺，指化妝的脂粉塗抹得不均勻，表示無心打扮。

❸ 遠岫攢：即皺眉。遠岫，遙遠的山峰。岫，山的峰巒，這裏是形容眉毛的形狀像遠峰。攢，緊皺（眉頭）不舒展。

❹ 香腮：塗胭脂抹香粉的腮頰。春筍嫩：像春天竹筍般細長柔嫩。筍，竹子的嫩芽，春季向上生長突出地面的稱為春筍，常用來比喻女子纖細的手指。

【賞析】

首兩句寫思婦懶於打扮，雲鬟蓬鬆凌亂晚妝褪落殘缺，為甚麼？詞中沒有明文道出，但從下文「帶恨眉兒」、「和淚倚闌干」可以意會到這是她等待行人歸來，卻又等不到，心中充滿了離愁別恨所致，因為女為悅己者容，既然「悅己者」不在，梳洗打扮就沒有意義了。唐代詞人溫庭筠在《菩薩蠻》（小山重疊金明滅）一詞中寫及一個閨中婦人等待情郎不歸，晨起懶得妝扮的情景：「懶起畫蛾眉，弄妝梳洗遲。」也說明這點。第三句從眉頭皺起像遠山緊蹙不展表現內心重重離恨。最後兩句描繪她噙着眼淚用細嫩雙手斜托香腮憑倚欄杆盼望情郎早歸的神態，讀到這裏，令人為她的不幸命運流下一掬同情之淚。

此詞共五句，句句都環繞閨中思婦的楚楚動人的形象來寫：「雲鬢亂」、「晚妝殘」、「帶恨眉兒」、「斜托香腮」、「和淚倚闌干」，雖然沒有梳洗打扮，但那蓬亂的烏黑濃密的鬢髮，那像遠山緊蹙含恨的眉頭，那斜托香腮春筍般的纖纖玉手，那噙着眼淚目不轉睛凝視遠方的姿態，在在給人以我見猶憐之感。

末句「為誰和淚倚闌干」用疑問句出之，詞人明知「為誰」，而偏假作不知，使句子顯得活潑（因為五句全用敘述句不免單調），也給人留下廣闊的想像空間，與《虞美人》（春花秋月何時了）中用設問句「問君能有幾多愁？恰似一江春水向東流」有異曲同工之妙。

從這首詞可以看出李煜善於捕捉所描繪的人物的心態，予以生動的表現，因而況周頤在《蕙風詞話》中評價道：「以畫家白描法形容一極貞靜之思婦，綾羅之暖寒，非深閨弱質，工愁善感者，體會不到。」

搗練子令

【題解】

《搗練子令》，即《搗練子》。詞名《搗練子》，所詠也是搗練之事，詞旨和詞調相一致，與一般依譜填詞不同。古代婦女把練（生絲織成的絹）用木杵（木棍）在石頭上搗（捶打）軟，製成熟絹，以便裁製衣服，稱為搗練（亦稱搗衣、搗帛）。這首詞透過對一位獨眠的少婦月夜聽砧上搗練之聲的描述，抒寫她對遠人懷念的愁緒。所以有的版本也題為「秋閨」。

《歷代詩餘》在《搗練子》調名下注云：「一名《深院月》，又名《深夜月》，李煜秋閨詞有『斷續寒砧斷續風』之句，遂以《搗練》名其調。」

在古代詩詞中，杵砧搗練具有特殊的內涵。當時婦女往往在秋風起時搗練裁衣，為寄遠人禦寒之用。在月光下，搗練聲不免使婦女思念遠戍在外、寒衣單薄的征人，而那些征人也不免牽掛家中的妻子。唐沈佺期《古意呈補闕喬知》云：「九月寒砧催木葉，十年征戍憶遼陽。」抒寫這種懷念之情最為著名的是李白《子夜吳歌》之三：「長安一片月，萬戶擣衣聲。秋風吹不盡，總是玉關情。何日平胡虜？良人罷遠征。」月光下的長安，傳來千家萬戶擣衣聲，吹不盡的秋風，牽動着思婦對遠守在玉門關（在今甘肅敦煌西）外丈夫的懷念之情，她希望能早早地平定胡人，丈夫從此不再離家遠征。讀懂了上述沈、李的詩句，明白了擣衣的內涵，再來欣賞李煜的這首詞，就能有更深入的體會，再通過一番比較，就可以找出李煜詞的特色。

【譯注】

深院靜，	深深的院落幽雅寂靜，
小庭空，	小小的庭園空曠冷清，
斷續寒砧斷續風❶。	斷續的秋風傳來斷續的擣練聲。
無奈夜長人不寐，	無可奈何長夜漫漫我無法入睡，
數聲和月到簾櫳❷。	砧聲跟隨着月色浸透窗簾之中。

❶ 寒砧：砧，擣衣石，擣衣時用的石頭。因為擣衣多在秋天寒風起時，獨守空閨的思婦更會覺得周圍環境是冷冰冰的，所以說砧也是寒的。寒砧這裏指淒涼的擣衣聲。

❷ 數聲和月：幾聲（一聲聲）悲涼的砧聲與淒清的月色融成一片。和，響應，跟隨。簾櫳：掛着竹簾的格子窗。櫳，格子窗，古時多用木條製成，亦泛指窗戶。

【賞析】

讀這首詞，首先要弄清楚作者是從甚麼角度來寫搗衣的。在「題解」中，曾經提到沈佺期和李白寫搗衣的詩，他們都是從搗衣人的角度來寫，而李煜卻是從聽搗衣聲的人的角度來寫，寫在寒冷的秋夜聽到搗衣聲引起的離愁別緒。

首兩句「深院靜，小庭空」先描繪獨守空閨的思婦所處的周圍環境是多麼清靜空寂，前句從聽覺寫，後句從視覺寫，使用了互文的修辭手法。所謂互文，就是相互為文，即一個完整的意思，根據表達的需要，有意地將它拆開，分別放在兩句中，理解時必須前後拼合，才能完全明白其含意。也就是說，上文裏有了下文裏出現的詞，下文裏有了在上文裏出現的詞，兩者互相補充才能顯示其意。此兩句就是如此，本來應該是「深院靜、空，小庭靜、空」，合起來就是深深的院落、小小的庭園清靜而空寂。互文的好處是可以使文字簡潔、含蓄、生動活潑，並可加強語氣，這點在此兩句中也充分表現出來，我們似乎能感覺到周圍死一般寂靜的氣氛。

第三句緊接上兩句，在死一般的靜寂之中秋風送來了斷斷續續的寒砧聲，顯得特別響亮，一聲聲敲打在思念遠方征人的思婦心上，給她增添了無限惆悵與迷惘。關於「寒砧」，詞家詹安泰在《李璟李煜詞》中解釋道：「秋風起，天氣寒，更易感到孤寂難堪而懷念離人，為要使這一形象更具體、更深刻，就搭上一個『寒』字，成為『寒砧』。」其實這裏「寒砧」是指的砧聲「寒」，由於內心悲涼淒苦，所以把這種心理感覺移到砧聲上了，這裏使用了「移覺」的修辭手法。兩個「斷續」重複得非常好：一方面形容寒風斷斷續續吹來，使得砧聲亦時斷時續，予人以如怨如慕、如泣如訴的感覺；另一方面形容思婦隨着斷斷續續的砧聲，內心無法平靜的憂怨。

最後兩句寫由於砧聲不斷，愁思難禁，本來希望可以快快入眠，重溫旖旎舊夢，但輾轉反側，難以入夢鄉，漫漫長夜，如何度過，真是無可奈何；再加上悲切的砧聲與淒清月色交融浸透簾中，更令人情何以堪！

這首詞無一字直寫思婦的惆悵，但字字都滲透着她令人斷腸的離愁。全詞共五句，只有第四句是寫人，其餘四句都以寫景烘托，思婦的形象卻表現得十分突出，顯現藝術技巧之出神入化。

謝新恩

【題解】

李煜《謝新恩》詞六首，出自孟郡王府所藏墨跡。因年代久遠，保存得不好，紙幅斷爛，字跡模糊，殘缺不全，有的僅僅剩下一個斷句，有的是由兩首以上的殘句拼湊而成。本書只收錄第二首、第三首和第六首，其他幾首因為缺漏太多，不足以映現全詞原本面目，故不收。孟郡王，名忠厚，字仲仁，宋哲宗趙煦（公元 1086－1102 年在位）的皇后隆祐之兄長。

此詞是《謝新恩》六首中最完整的一首，僅下闋第一句中缺了一個字，現在用空框表示。詞可能是為懷念大周后娥皇而寫。在前面的《采桑子》（庭前春逐紅英盡）中曾介紹她與李煜都雅賞藝術，結褵十年，情愛深篤，逝世之後，李煜常懷念與她共同生活時的一切。這首詞是從聽不見她的簫聲寫起，表示自己並未忘記當年她唱歌跳舞以及演奏樂器的情景。

【譯注】

秦樓不見吹簫女 ❶，	秦樓上再也不見吹簫的女郎，
空餘上苑風光 ❷。	徒然留下上苑中旖旎的春光。
粉英金蕊自低昂 ❸。	白花黃蕊高昂低垂在枝頭上。
東風惱我，	想來是東風氣惱我，
纔發一衿香 ❹。	遲遲才散發出一襟幽香。
瓊窗夢囗留殘日 ❺，	瓊窗之下夢醒只見殘陽斜照，
當年得恨何長 ❻！	當年歡樂換來怨恨多麼悠長！
碧闌干外映垂楊。	碧色欄杆外掩映婆娑的垂楊。
暫時相見，	縱然得以短暫相見，
如夢懶思量。	只像一場夢索性把它忘。

❶ 秦樓：春秋時秦穆公的女兒弄玉居住的樓，亦稱鳳臺。相傳秦穆公的女兒喜歡音樂，蕭史精通吹簫，能模仿鳳鳴。穆公就把弄玉許配給他，並築鳳臺給他們居住。弄玉跟蕭史學吹簫，也能做鳳聲。二人吹起來，簫聲清亮，把鳳凰都引來了。幾年之後弄玉乘鳳，蕭史乘龍，升天而去，成為神仙夫妻。此句吹簫女即指弄玉，不見吹簫女，說明人去樓空，比喻大周后去世，只剩下自己孤身一人。

❷ 空餘：只留下，徒然留下。上苑：帝王遊玩和打獵的園林，可能是上林苑的省稱。上林苑，秦始皇時建，漢武帝時收為宮苑，苑內放禽獸，供皇帝射殺，並置離宮、觀、殿數十處。

❸ 粉英：白色或粉紅色的花。金蕊：金黃色的花蕊，一作「宮蕊」。自低昂：自管在高高低低的樹枝上生長。低昂，高高低低，上上下下。也可以解釋為花在

風中有時候低垂，有時候昂揚。

❹ 衿：同「襟」，本指古代衣服的交領，這裏做「香」的量詞，唐宋詞人常用以修飾數量不很明確的情緒和自然現象，如「一襟愁緒」、「一襟風露」等，宋賀鑄《菱花怨》中的「一襟香花」與此處李煜用法相同。

❺ 瓊窗：精美的窗戶。瓊，美玉，常用以比喻色澤晶瑩的東西。按：此句「夢」後缺一字，有人補以「回」，也有人補以「笛」，這裏權以「回」來解。夢回，夢醒。

❻ 得恨：換得愁恨。

【賞析】

這首詞的上闋使人想起唐代詩人崔顥的名詩《黃鶴樓》中的「昔人已乘黃鶴去，此地空餘黃鶴樓」以及崔護《題都城南莊》中的「人面不知何處去，桃花依舊笑春風」之句，此詞中那種物是人非，令人唏噓慨歎的情緒與二詩是一脈相承的，但是其中已經注入了不同的情感內容。

詞上闋用弄玉和蕭史在秦樓鸞鳳和鳴，爾後乘龍駕鳳雙飛成仙的故事來說明自己的不幸。人家不但可以在人間共諧連理，到天上也可以成為比翼鳥，永遠不分離，而自己卻是不見了心愛的人，孤獨地遺留在風光無限的宮苑裏。此時此刻，百花吐艷，粉紅的花瓣，金黃的花蕊，在枝頭上下擺動，展現婀娜的姿態；可惡的東風，也故意激惱我，遲遲才送來陣陣幽香。眼前的美景，往日可以與周后共享，而今這一切，已隨着她的逝去變成一片傷心景色，帶來的只是無限的惆悵。

下闋寫由於不堪眼前美景的刺激，退回室內，但是懷人的愁緒仍然困擾着自己，百無聊賴之際睡着了，夢醒之後，已是黃昏時分，夕陽西下，過去相聚時幸福的情景又浮現在眼前。原來往日片刻的歡樂換來的卻是永世悠長的愁恨。這時暮色蒼茫，朦朦朧朧之中，只見碧色欄杆外垂楊掩映，那裏曾是自己與周后互訴情話的地方，不禁感歎道：短暫的相見，如夢如煙，懶得再去想它了，因為越想越傷心，會令人斷腸的啊！

這首詞是通過當時的歡樂與今日的悲愁相對照而抒發情思的，其中不論是運用典故、寫景和敘事均十分和諧地交融在一處，轉接也靈活自然。

謝新恩

【題解】

這是《謝新恩》的第三首，與前首相比可以看出有一些缺字缺句，不夠完整，好在讀起來脈絡可以貫通，立意亦明確。詞中抒寫了閨中少婦懷念遠去不歸的丈夫的哀怨之情。古代交通不便，親人遠去，經年不歸，音信全無，引起閨婦的思念與哀怨。詩是反映生活的，於是閨怨詩應運而生。南朝時何遜就有《閨怨》詩。

【譯注】

櫻花落盡階前月❶，	櫻花灑落滿地明月朗照階前，

象牀愁倚薰籠❷。　　走到象牙牀前愁悶地倚薰籠。
遠似去年今日恨還同。　　今年的恨與去年的恨完全相同。

雙鬟不整雲憔悴❸，　　一對環形髻不整頭髮失光澤，
淚沾紅抹胸❹。　　淚珠漣漣浸濕了紅色抹胸。
何處相思苦？　　何處帶給人的相思最痛苦？
紗窗醉夢中❺。　　冷寂閨房內如醉似夢之中。

❶ 櫻花：花有紅、白等色，品種甚多，春日與葉同時萌放，中國、日本都是櫻花的原產地。在古詩中櫻花亦指櫻花樹或櫻桃樹的花，此句的櫻花可能就是指櫻桃樹的花，作者在另一首詞中就有「櫻桃落盡春歸去」(《臨江仙》) 之句。

❷ 象牀：用象牙裝飾的牀。薰籠：同「熏籠」，帶罩子的薰爐，供烘物、取暖或薰香衣被之用。《東宮舊事》載：「太子納妃，有漆畫熏籠二，大被熏籠三，衣熏籠三。」白居易《宮詞》：「紅顏未老恩先斷，斜倚熏籠坐到明。」

❸ 雙鬟：古代女子梳的一對環形髮髻。雲憔悴：雲，形容女子濃密而美麗的頭髮。憔悴，大多用來形容人面黃肌瘦，這裏是形容頭髮不抹油，乾枯無光澤。

❹ 抹胸：俗稱「肚兜」，貼身護在胸部和腹部的像菱形的布，用帶子套在脖子上，左右兩角釘帶子束在背後。用以防風入侵。

❺ 醉夢：如醉似睡的恍恍惚惚的夢中。醉，一作「睡」。

【賞析】

詞上闋寫思婦獨守空房，實在寂寞難當，於是走到庭院裏，只見櫻花飄落滿地，月光灑滿階前，不免感到光陰荏苒紅顏漸老，自己目前是在消

耗青春，苦苦等待不確定歸期的男子，不免黯然神傷。夜裏寒氣襲人，於是返回室內，走到象牙牀前倚着薰籠坐下，想到今晚仍將孤衾獨眠，又不禁悲從中來。上闋三句重點在描敘思婦因景因境而生情，寫出她被年年月月相似而重疊的愁與恨壓得透不過氣來的痛苦。

下闋先從思婦的形象儀態寫起。古人有云：女為悅己者容。既然悅己者遠離身邊，那麼還梳洗打扮做甚麼，於是雙鬢無心整飭，頭髮既不梳理也不抹油，變得像亂蓬蓬而又乾枯的茅草了。接着又寫出思婦相思之淚潸潸而下，沾濕了紅色的肚兜，這一「紅」字可能是寫女子哭得太厲害，都哭出血來，以致鮮血沾紅了肚兜。元劇《西廂記》中就有「君不見滿山紅葉，盡是離人眼中血」之句。最後李煜變換句式，用設問句表現思婦的愁苦淒楚：究竟在甚麼境況下最痛苦呢？前面寫在戶外觸景傷情是一種；回到室內愁倚薰籠，想到孤衾難眠又是一種。但最苦的莫過於在如醉似睡的夢中，因為在夢中恍恍惚惚見到他，醒後更難過，跟上首的末句「暫時相見，如夢懶思量」意思相似，但寫法大異。

此詞一層深入一層描繪思婦的愁苦，層次清晰，頗能感人。

謝新恩

【題解】

這首詞形式上非常特別，按照《謝新恩》（亦叫《臨江仙》）這個詞牌，應該是雙調（前後兩闋相疊而成的詞），但這首詞卻是單調，不分段，五十一字。所以《歷代詩餘》注云：「單調，五十一字，止李煜一首，不分前後段，存以備體。」徐本立《詞律拾遺》認為「此詞不分前後疊，疑有脫誤」。

詞中一連寫了紅葉、茱萸、紫菊、煙雨、新雁等秋日景物，其中有「又是過重陽，臺榭登臨處」，表明是登高望遠。過重陽節，登高望遠，最容易懷念親人，不知道他們是否平安健康，於是引起離愁別恨。這有王維重陽節時寫的《九月九日憶山東兄弟》一詩為證。

【譯注】

冉冉秋光留不住❶，
滿階紅葉暮。
又是過重陽，
臺榭登臨處❷。
茱萸香墜❸，
紫菊氣，
飄庭户。
晚煙籠細雨❹。
嗈嗈新雁咽寒聲❺。
愁恨年年長相似。

時光流逝秋光留也留不住，
黃昏時分滿階紅葉觸目。
又是過重陽的時候，
登上臺榭眺望遠處。
茱萸紛紛墜落，
紫菊香氣四溢，
飄遍千庭萬戶。
暮靄籠着濛濛細雨。
新來大雁發出嗈嗈的悲鳴。
引起的愁恨年年總是相似。

❶ 冉冉：形容時光漸逝。

❷ 臺榭：臺是指高而上平的方形建築物，供眺望或遊觀之用；榭是指建在高臺上的木屋。臺榭連用，泛指樓臺等建築物。

❸ 茱萸：植物名，香氣濃烈，可入藥。古代習俗，農曆九月九日重陽節佩茱萸、飲菊花酒驅邪避惡。東漢時，桓景曾隨方士（能求仙煉丹以求長生不老的人）學道，有一天，費長房對他說：九月九日你家將有大災，你可以讓家人作絳紗囊盛茱萸繫在手臂上，登高飲菊花酒，就可消災。桓景照着去做，到晚上回家，家中牲畜都已暴斃。後世人重九日登高佩茱萸的習俗就是這麼來的（見吳均《續齊諧記》）。

❹ 晚煙：暮靄，傍晚的雲霧。

❺ 嗈嗈：眾鳥和鳴聲，形容一群大雁和諧的鳴聲。咽：嗚咽，低聲哭泣，亦形容低聲淒切的聲音。寒聲：一作「愁聲」。

【賞析】

讀此詞自然會想起王維的《九月九日憶山東兄弟》:「獨在異鄉為異客，每逢佳節倍思親。遙知兄弟登高處，遍插茱萸少一人。」王維的寫法是直接，單刀直入，李煜則是比較含畜，層層遞進，最終才道出真意。詞中首先寫秋景，從紅葉滿階、茱萸香墜、晚煙籠雨、新雁寒聲，層層遞進、烘托，最後點出主旨，是一種以景寫情，景中有情的寫法。用單純樸素的語言道出真切的情意，是李煜獨有的風格。

阮郎歸

呈鄭王十二弟，後有隸書東宮府書印

【題解】

鄭王十二弟，即李從善，是南唐中主李璟的第七子，李煜的七弟，李煜排行第六，說「十二弟」乃是因為中國排行的方式有多種，這裏可能是連同姐妹及堂兄弟排在一起所致，十二弟其實就是七弟。

李從善初封鄧王，繼封韓王，後又封鄭王。公元 971 年，李煜怕趙匡胤來吞併南唐，曾派從善去宋朝貢，卻被扣押為人質，他上表請求放從善歸，但被拒絕，使他非常傷感，據《江南別錄》云：「後主天性友愛，自從善不還，歲時宴會皆罷。」在九月九日重陽節，他怕思念弟弟，不敢去登高，還寫了《卻登高賦》，其中有「原有鴒兮相從飛，嗟予季兮不來歸」，用《詩經・小雅・常棣》中的「脊令在原，兄弟急難」，哀歎兄弟友愛，患難時本應伸手救援，而現在弟弟被宋朝扣留，不得歸返，自己卻無能為力，徒喚奈何。

從表面看，這是一首寫閨怨的詞，表現獨守空閨的婦女思念遲遲不歸的遠人的寂寞無聊以及淒惋悵惘的心境。實際上，誠如俞陛雲在《南唐二主詞輯述評》中所說：「此詞春暮懷人，倚欄極目，黯然有鴒原之思。煜雖孱主，亦情性中人也。」也同意是寫兄弟的離愁。

【譯注】

東風吹水日銜山❶，	東風吹動碧波夕陽含着遠山，
春來長是閒❷。	入春以來總是無聊心煩。
落花狼藉酒闌珊❸，	落花紛飛一地即將筵終人散，
笙歌醉夢間❹。	夜夜笙歌沉迷在醉鄉夢境間。
珮聲悄❺，	環珮的聲響漸漸隱去，
晚妝殘。	晚妝的脂粉已經褪殘。
憑誰整翠鬟❻？	有誰來為我梳理烏黑的髮鬟？
留連光景惜朱顏❼，	留戀良辰美景憐惜青春容顏，
黃昏獨倚闌。	暮色蒼茫獨自寂寞倚着欄杆。

❶ 東風：東面吹來的風，指春風。日銜山：用擬人修辭手法形容夕陽遮掩山的一部分的景象。銜，含在嘴裏或用嘴咬住。

❷ 長是：總是。閒：無聊煩悶。

❸ 狼藉：雜亂不堪的狀態，形容花瓣紛紛散落一地。酒闌珊：筵席近尾聲。闌珊，殘敗衰落，引申為將盡。

❹ 笙歌：吹笙唱歌，泛指奏樂唱歌。笙，管樂器。

❺ 珮：環珮，古人繫在衣帶上的玉製裝飾品，多指婦女佩戴的飾物，《禮記．經解》有「行步則有環佩之聲」之句。悄：沒聲音或聲音很低。

❻ 翠鬟：烏黑光亮的髮髻。

❼ 留連：留戀不止，捨不得離去。光景：光陰，時光。朱顏：紅潤美好的容顏。

【賞析】

這是一首寫得非常沉痛的詞，讀時必須透過表層的意思理解其內涵。

上闋第一句寫創作的時間和景色：春天的黃昏，「日銜山」，「銜」字用得非常好，不寫日落西山，也不如王之渙《登鸛雀樓》說「白日依山盡」或辛棄疾的「紅日又西沉」，而是用擬人法形容夕陽用嘴唇含着遠山的一部分。一部分在口中，一部分顯露在外，多麼形象！第二句寫自己的心境，由於國勢垂危，弟弟也被扣不歸，骨肉分離，因而感到無奈煩悶。第三句是說花已謝，筵席將散，暗喻國運衰敗。第四句緊承上句，說國家的衰敗是自己以往夜夜笙歌沉迷於醉鄉夢境所致，對過去的行為頗有懺悔之意。

下闋前三句寫思婦的妝扮：不戴裝飾物，化妝褪殘，進一步寓有江山失色，而且到了無法收拾的地步的意思。「憑誰整翠鬟」，這一問句，內在的含意是「靠誰來重整這個江山」，表明了自己對國家衰敗之勢已無可挽回的深深哀痛。最後兩句歸結到寫詞的主旨，通過思婦恐懼韶華逝去紅顏衰老，獨自黃昏倚欄等待遠人返回，抒寫自己盼從善歸國盼得望眼欲穿。末句「黃昏獨倚闌」的「黃昏」與首句的「日銜山」相呼應，使詞的結構顯得完整，成為一個有機的整體。

有人把這首詞當作純粹的閨怨詞來讀，可以做以下解釋：上闋寫暮春傍晚，引起思婦懷人的愁悶，於是賞花飲酒，笙歌為伴，但花謝酒闌，笙歌消歇，自己處於如醉似夢的恍惚狀態，不能自拔。下闋寫自己無心妝扮，也沒有人來關心她為她梳妝，最後感歎青春與韶光共逝，只有黃昏孤獨地凝望出行的親人歸來。

采桑子

【題解】

這首詞抒寫面對蕭瑟秋景產生的綿綿離情別緒，可能也是借閨婦思人，懷念被宋扣押不歸的弟弟從善而作。上闋寫景，下闋寫情，情景交融。

有的版本對本詞有如下的說明：「以上二詞（即此首與《虞美人》〔風回小院庭蕪綠〕）墨跡在王季宮判院家。」有墨跡為證，可見此詞乃李煜所作。由於李煜的詞到南宋時才有人抄集成書，所根據的是李煜的手稿和當時的選本、詩話中輯錄的他的作品，因此真假雜陳，難以分辨，這首詞有學者定為五代詞人牛希濟作，也有定為北宋詞人晏幾道作。有了墨跡，定為李煜之作就有說服力了。

【譯注】

轆轤金井梧桐晚❶，	帶轆轤的石井旁邊梧桐凋殘，
幾樹驚秋❷，	幾株鏗然葉落聲驚覺已入秋，
晝雨新愁！	白晝的雨惹來無邊新愁！
百尺蝦鬚在玉鉤❸。	長長的簾子捲起高掛在玉鉤。
璚窗春斷雙蛾皺❹，	窗內的人希望破滅雙眉緊皺，
回首邊頭❺，	回首眺望遙遠邊塞盡頭，
欲寄鱗游❻，	要寄書信給征人卻無由，
九曲寒波不泝流❼。	因為九曲黃河水波不會倒流。

❶ 轆轤：井上汲水的工具，利用輪軸原理製成。金井：井欄上有雕飾的井，一般用來指宮廷園林裏的井，有學者說：「即石井。古人凡說堅固，多用『金』，如金塘、金堤」（見葉葱奇注《李賀詩集·河南府試十二月樂詞·九月》「雞人罷唱曉瓏璁，鴉啼金井下疏桐」句）。古代詩人常用梧桐葉落金井構成秋天悲涼的意象，來抒發自己的哀愁，李賀那兩句詩就是如此。又如李白《贈別舍人弟臺卿之江南》：「去國客行遠，還山秋夢長。梧桐落金井，一葉飛銀牀。」王昌齡《長信秋怨詞五首》之一：「金井梧桐秋葉黃，珠簾不捲夜來霜。」把「轆轤金井梧桐晚」和上面引用的古代詩人的句子對照，悲涼的秋天意象才能夠展現出來。晚：衰老，唐李賀《還自會稽歌》有「身與塘蒲晚」（身體與秋天池塘裏的蒲草一樣，衰敗不堪）句。這裏指梧桐到秋天已到凋零枯萎時期，也有人作「傍晚」解，則此句意謂傍晚時分見到帶轆轤的石井旁的梧桐樹。

❷ 幾樹：多少株樹（指梧桐樹）。驚秋：驚覺天氣已入秋。古人有「一葉知秋」的成語，宋唐庚《唐子西文錄》引用唐詩云：「山僧不解數甲子（計算年月），

一葉落知天下秋。」

❸ 百尺：形容很長，不是確數。蝦鬚：簾子的別稱，因為簾子的樣子像蝦的觸鬚。玉鉤：用玉製成的簾鉤。

❹ 璚窗：美玉雕飾的窗戶，形容窗戶的精緻華麗。璚，同「瓊」，美玉。春斷：象徵美好的事物或願望的破滅。雙蛾：一雙蛾眉。蛾眉，同「娥眉」，形容美人細長而彎的眉毛。

❺ 邊頭：泛指邊遠荒涼的地帶。

❻ 鱗游：游魚，借指書信。古樂府《飲馬長城窟行》:「客從遠方來，遺（送）我雙鯉魚。呼兒烹鯉魚，中有尺素書（一尺長素絹寫的書信）。」所以鯉書、魚信、尺素都是書信的代稱。鱗，以魚鱗代表魚，以部分代全體。

❼ 九曲：指黃河，因為黃河河道迂迴曲折，古詩常用九曲來形容黃河的河道。唐盧綸《送郭判官赴振武》詩:「黃河九曲流，繚繞古邊州。」有的則乾脆用九曲指代黃河，如唐齊己《瀟湘二十韻》「對茲傷九曲，含濁出崑崙」。泝流：逆着水流的方向而流動。中國江河的流向是自西北流向東南，不泝流即不流向西北。

【賞析】

此首寫秋天的思緒。秋景蕭瑟，因而多了一種悲涼的氣氛。

上闋首句寫了三樣景物：轆轤、金井、梧桐。作者未寫出三者的位置，但可以想像轆轤在井上，而梧桐在井邊。三個詞本來是死的，讀時可通過想像賦予聲音和色彩：轆轤汲水時發出唧唧的聲響以及梧桐枯葉的黃色。王昌齡《長信秋詞五首》中的「金井梧桐秋葉黃」可以幫助說明，於是這個句子在視覺和聽覺裏生動起來。第二句說聽到葉落聲方才驚覺到秋天已經來臨，「驚秋」的「驚」字用得巧妙，它表現出親人遠去，久久不歸，憂思難解，獨居幽室，不知時光流逝的人，忽然聽到外面蕭瑟的秋風吹落枯葉的聲響時吃驚的感覺：啊！秋天已來到，又臨歲暮了！歲月催人，自己卻在無望的等待中消耗青春。第三、四句寫聽到淅淅的秋雨聲，更增添連綿無盡的新愁，於是踱到窗前，懶洋洋地把長長的蝦鬚般的簾子捲起掛在玉鉤上。李白《秋浦歌》有「白髮三千丈，緣愁似箇長」句，意思是把頭髮一根根連接起來足有三千丈，自己的離愁也有那麼長，此詞說「百尺蝦鬚」，可能也含有自己的別緒漫長無際的寓意。

下闋寫捲起窗簾見到秋景後情緒的波動。古代文人認為秋是令人悲傷的季節，這個調子是由戰國時期的辭賦家宋玉的《九辯》定下的，他在那篇辭賦中開門見山就說：「悲哉秋之為氣也，蕭瑟兮草木搖落而變衰。」意思是秋季的氣氛是多麼悲涼啊，秋風蕭瑟，草木凋零而衰萎。首句「春斷」的「春」是與上闋「驚秋」的「秋」相呼應。「春」象徵着繁花似錦的年華、理想與希望，而今這些都如「秋」的草木搖落而變衰 —— 希望失落，理想破滅，年華老去，等待落空，就是「春斷」的內涵，這能不使璚窗裏的人雙眉緊鎖嗎？最後三句寫回過頭來極目遙望遠去的征人，回來是不可能的了，只有拜託游魚帶封信去，但是連這點願望都不可能實現，由於河道彎彎曲曲，河水冰凍而且不可能逆向流去，魚兒根本游不到寄去的地方。最後兩句寫得很好，令詞人內心的絕望可以想見，一步緊似一步，把情緒推向高潮，意象鮮活，予人印象至深。

臨江仙

【題解】

這首詞是李後主被宋兵圍在京城金陵時所作。宋太祖開寶三年（公元970年）十月，宋將曹彬率兵攻金陵，次年十一月底城陷，歷時一年有餘，此詞就是李煜在被圍時，懷着朝不保夕忐忑不安的心情寫下的。從詞的第一句「櫻桃落盡春歸去」可以看出，具體時間是在春已逝去的夏天。由於宋時所傳李煜手跡有多種，初時，研究者發現此詞缺了最後的十六個字（「爐香閒裊鳳凰兒，空持羅帶，回首恨依依」），以為是城破李後主來不及寫完所致，其實城破是在十一月底，正值冬季，而這首詞明明寫的是夏天景物，可見是在城被圍期間創作的。所幸後來殘缺部分找到了，使我們得以欣賞全詞，了解李煜在圍城中的心情。

【譯注】

櫻桃落盡春歸去 ❶，	櫻桃紛紛掉落春天已經遠去，
蝶翻金粉雙飛 ❷，	粉蝶展翅在花叢成雙而飛，
子規啼月小樓西 ❸。	杜鵑在小樓的西邊悲啼不已。
畫簾珠箔 ❹，	珍珠織成的華美窗簾，
惆悵捲金泥 ❺。	滿懷愁緒地慢慢把它捲起。
門巷寂寥人去後 ❻，	人去之後門庭里巷冷清靜寂，
望殘煙草低迷 ❼。	極目遠望煙籠衰草一片迷離。
爐香閒裊鳳凰兒 ❽，	香爐輕煙繚繞鳳凰圖案的臥具，
空持羅帶 ❾，	徒然持着絲製的衣帶，
回首恨依依。	回顧往事愁與恨綿綿無盡期。

❶ 櫻桃：落葉喬木，葉子長卵橢圓形，花白色略帶紅暈。果實小，近於球形，鮮紅色，稍甜而帶酸，初夏成熟。《禮記．月令》載，仲夏之日，天子以櫻桃祭獻宗廟（天子或諸侯祭祀祖宗的廟宇）；《漢書》載，惠帝常出遊離宮，取櫻桃獻宗廟，可見古代朝廷有以櫻桃祭祀祖宗的傳統。此句表面是寫時序，櫻桃落盡，春天消失，實際卻是說京城被圍，國家將亡（春歸去），有窮途末路的慨歎。

❷ 翻：搧動。金粉：蝴蝶翅膀上天然帶着的粉屑，這裏指代翅膀。雙飛：成雙而飛。

❸ 子規：杜鵑，鳥名。又名杜宇，相傳是古蜀王杜宇之魂所化。杜宇在周朝末年稱王於蜀（今四川成都一帶），後來把帝位禪讓給宰相，自己隱居西山，死後魂魄化為子規鳥，每到春末夏初，思念故國，則盡夜悲啼，聲音淒厲。

❹ 畫簾：彩畫為飾的簾子。珠箔：珍珠織成的簾子。箔，簾。《西京雜記》：「昭陽殿（漢武帝時的宮殿名）織珠為簾，風至則鳴，如珩珮之聲。」

❺ 惆悵：因失意或失望而傷感。金泥：用來做物品的鎔金金粉或金絲線，這裏指嵌有金絲線的簾幕。

❻ 寂寥：寂靜，沉寂。去：一作「散」。

❼ 望殘：眼望殘景。煙草：煙霧迷茫的草地。低迷：模糊不清。

❽ 閒裊：隨風悠然地飄動。鳳凰兒：衾被等臥具上繡的鳳凰圖案，這裏指代臥具。鳳凰兒也可以解釋成香煙裊裊的形態似鳳凰。

❾ 羅帶：絲織的衣帶，指代佳人的衣物。

【賞析】

詞的開篇首兩句寫春暮夏初景色，櫻桃落盡，彩蝶在花叢中展翅結伴雙飛。櫻桃落盡，不只是寫時序的特徵，還使用了傳統中帝王以櫻桃獻祭宗廟的典故，隱含當時國家瀕臨傾覆的處境，自己已經沒有可能再去拜祭祖先了，其憂愁悲傷可以想見，而這時彩蝶卻高高興興地翩翩雙飛，這就起到了反襯處境的淒涼與內心黯然的作用。第三句寫月夜聽到子規淒厲的啼聲，想到自己行將與杜宇一樣有失去帝位之虞，絕望之情不禁湧上心頭，於是走到窗前，惆悵地把繡有金絲線，以珍珠織成、彩畫為飾的簾子捲起。第四、五句是用華麗的圖像反襯內心的蒼白空虛。上闋前三句寫室外春景，後兩句寫室內，寫人的心情（「惆悵」）與動作（「捲金泥」），這就使得整個畫面生動起來，並由此過渡到下闋進一步描寫人的心態。

下闋承上闋，第一句寫打開窗簾後所見景象：入夜了，人們都已散去，門庭和小巷中顯得一片寥寂。第二句寫極望遠處，煙霧籠罩的草地顯得一片迷離恍惚，國家未亡，但敗象已經顯露。這句使人想起元朝詞人薩都剌的《滿江紅・金陵懷古》中經歷戰爭洗禮後金陵的淒涼景象：「思往事，愁如織；懷故國，空陳跡。但荒煙衰草，亂鴉斜日」之句。末三句寫回望室內繡有鳳凰圖案的臥具，手中徒然持有小周后的衣物，瞻望前路，不寒而慄；回顧往昔，此恨依依，並將伴隨終身。從上闋的「惆悵」到下闋的「恨」，逐漸加深，一氣呵成。

北宋時期

清平樂

【題解】

這是一首十分著名的寫離愁的詞，最後一句：「離恨恰如春草，更行更遠還生」，把抽象的離恨寫得如此形象鮮活，難怪成為膾炙人口的金句了。

對於詞所寫離恨的具體內容，人們有不同的看法，這就不免牽涉到詞的寫作時間了。一種說法是把此詞和《卻登高賦》聯繫起來，認為它是七弟從善入宋朝貢被扣押不得歸，因思念深殷，觸景生情而作，那麼寫作時間是李煜在位時；另一種說法則是把它和國破家亡聯繫起來，認為它是李煜亡國被俘虜到汴梁的第二年，見到春景懷念故國，離恨湧上心頭而寫。

從「雁來音信無憑」句看，把此詞定為亡國後在汴梁所寫較合宜，因為大雁是候鳥，春分（三月二十一日）北飛，秋分（九月二十三日）南飛，李煜見到「雁來」，可見當時是身處北方的汴梁。

此詞有的版本題為《憶別》。

【譯注】

別來春半❶，　　離別後春天已經過半，
觸目柔腸斷❷。　　眼前所見令人柔腸寸斷。
砌下落梅如雪亂❸，　　臺階下面落梅花瓣雪片般紛亂，
拂了一身還滿❺。　　剛剛拂掉轉眼間全身又飄滿。

雁來音信無憑❻，　　雁飛來了但音信卻杳無蹤影，
路遙歸夢難成。　　路途遙遠歸去的夢難以做成。
離恨恰如春草，　　離愁別恨恰恰如原野的春草，
更行更遠還生❼。　　越走越遠越生長得繁多茂盛。

❶ 春半：春天已過了一半。

❷ 觸目：目光接觸到的一切東西。腸斷：腸子斷裂，形容悲愁憂慮到了極點。

❸ 砌：臺階。落梅：凋落的梅花。如雪亂：像雪花般紛紛飄落。

❹ 拂：甩掉，除去。

❺ 雁來：鴻雁飛來，用古代雁足傳書的故事。《漢書．蘇武傳》載，漢武帝時蘇武出使匈奴，被扣押不還。昭帝時匈奴與漢朝和好，漢請求放還，匈奴詭稱蘇武已死。後來漢使又赴匈奴，常惠（隨蘇武出使匈奴，亦被扣押）請求看守，夜裏一道去見漢使，他教漢使對單于（匈奴首領）說，漢朝天子在上林苑射獵，射下一隻大雁，雁足繫有帛書，上寫蘇武等人還活在某大湖澤中，匈奴見隱瞞不住，只好把蘇武放了。無憑：不可憑信。

❻ 更：越。

【賞析】

李煜在宋太祖開寶八年（公元 975 年）十一月底投降，次年正月到達汴梁，從此，過着不自由的俘虜生活。上闋第一句點出寫作時間：離開故國之後的第一個仲春時節。他愁緒滿懷，眼前一切景物都塗上傷心的顏色，令人柔腸寸斷。這時他正站在階前梅樹下，只見落梅白雪般紛紛落在頭上、臉上、肩上、襟前…… 他用手拂去，但轉瞬間花瓣又灑滿全身。三、四句不但把「春半」這一季節特徵形象地推到讀者眼前，更重要的是這兩句含蓄地把情和景交融在一起，使人感受到詞人完全被亡國之哀愁所籠罩，像海水覆頂，無以自拔。「如雪亂」，實際上也在寫自己心緒的亂，正是「剪不斷，理還亂」（《烏夜啼》〔無言獨上西樓〕）的具體寫法。

下闋第一句呼應上闋第一句的「別來」，自從離別故國，自然非常想念那裏的一切，希望得到那裏的信息，抬頭仰望，只見南雁北飛，應該會捎來書信吧，但是在哪裏？他不禁埋怨所謂雁足傳書是不可憑信的，乃無稽之談。「雁來音信無憑」六個字道出了詞人從殷切企盼到極度失望，最後深深埋怨的心理變化過程。第二句寫既然音信無憑，退而求其次，在夢中與故國相見吧。但是路太遙遠，歸去的夢也不能做成。其實路遠路近與夢成與否毫無關係，因為在夢中時間與空間完全消失了作用，李煜這麼寫是為了表現他對故國的無限思念，正如俞平伯在《唐宋詞簡釋》中所說：「夢的成否原不在乎路的遠近，卻說路遠以致歸夢難成，語婉而意悲。」最後兩句描寫離國之恨像春天原野上的春草，不但與日俱增，而且還跟隨自己的行蹤，走得越遠，生長得越繁多茂盛。恨本來是抽象的東西，詞人把它具體化形象化，於是恨的意象在我們的眼前立體化起來。「更行更遠還生」，不可一氣連讀，而是需要斷開來，「更行、更遠、還生」一句三折來吟詠，才能把離恨的一個一個層次表現出來。秦觀《八六子》中的「倚危亭，恨如芳草，萋萋剗盡還生」，脫胎自白居易《賦得古原草送別》中的「野火燒不盡，春風吹又生」，但秦詞不如此詞有創意，意象也不夠鮮活，更不耐吟誦。

虞美人

【題解】

這首詞是李煜亡國後被俘到汴梁，囚居在宋太祖賞賜的宅第中寫下的。

宋太祖開寶八年（公元 975 年）農曆十一月二十七日，宋將曹彬攻陷金陵，李煜出降，南唐亡，被俘去汴梁，同行的有子弟、後宮嬪妃以及百司官屬四五十人。次年正月，到達汴梁。他被囚居在華麗的宅第裏，過着孤寂、黯淡、惶恐不安的生活。這首詞和另一首《虞美人》（春花秋月何時了）就是當時生活的寫照。兩者都是寫亡國之恨，但前者詞意較為含蓄，不像後者那麼直接，一瀉無餘。

【譯注】

風回小院庭蕪綠❶，	東風回到小小庭院草兒放綠，
柳眼春相續❷。	初生柳葉展開睡眼春光相續。
憑闌半日獨無言，	獨自憑倚欄杆許久默默無言，
依舊竹聲新月似當年❸。	耳旁竹聲眼前新月恍如當年。
笙歌未散尊罍在❹，	奏樂唱歌未停席上酒器仍在，
池面冰初解。	池塘上面凍結的冰剛剛融解。
燭明香暗畫樓深❺，	燭光明亮香煙迷濛畫樓幽深，
滿鬢清霜殘雪思難任❻。	雙鬢花白如霜似雪悲思難禁。

❶ 院：房前屋後圍起來的空地。蕪：本來是指叢生的草，這裏指草。庭蕪，即庭前的草。

❷ 柳眼：早春初生的柳芽，彷彿人睡眼剛睜開。唐元稹《春生》：「何處生春早，春生柳眼中。」春相續：先是草綠，接着是柳青，春色相繼而來。

❸ 竹聲：風吹竹葉發出的聲音。有認為竹聲應指竹製管樂器，如笛、管、笙、簫，亦通。

❹ 尊罍在：酒筵還在進行中。尊罍，古代盛酒器具，這裏指代酒筵。尊，同「樽」，酒杯。罍，形狀像壺的酒器，外形或圓或方，小口、廣肩、深腹、圓足，有蓋和鼻。

❺ 畫樓：雕飾華麗的樓房。

❻ 清霜殘雪：形容雙鬢蒼蒼似霜雪。難任：難以忍受，難以承受。一作「難禁」，難以控制，控制不住。

【賞析】

這首詞上闋先寫初春景色：柔軟的東風又吹回大地，小院裏春光明媚，庭前草綠了，柳枝也甦醒了，柳芽睜開了惺忪的睡眼欣賞春意盎然的世界。但是囚居小院裏的人對此美景卻無動於衷，「憑闌半日獨無言」，他獨自依靠着欄杆，沒有人陪他說話，他也無話可說，亡國之痛、離國之恨咬嚙着他的心。「依舊竹聲新月似當年」，聽風吹竹聲，看樹梢新月，與當年金陵宮苑裏所聞所見相似，但人事已經有天翻地覆的變化，物是人非，人生的無常如此！

下闋緊接上闋結句，不禁引起對往日南唐宮廷生活的回憶：雖然時光已經流逝，但似乎笙歌之聲仍然在耳際迴蕩，酒筵還在進行中，水池上的薄冰也因春暖而剛剛融化。不過這種歡樂情景在記憶中浮現的時間並不久長，當他回到現實生活中卻是「燭明香暗畫樓深」。幽深的畫樓中燭光明亮，香煙迷濛，呈現的是一片淒迷寂寥的景象。最後一句寫攬鏡自照，發現已經滿頭白髮，悲思如滔滔波濤湧上心海，一發不可收拾。

這首詞的寫作技巧有以下三點值得注意：一是以樂景寫哀情，就是用快樂的景色反襯悲哀的情懷。一般寫哀情多用淒涼的景色（例如用秋天的淒風苦雨）來烘托，這首詞卻用明媚春光來反襯，達到更增加其悲哀的目的；二是用今昔對比的手法來表現今日的不幸，用以往宮廷生活的歡樂熱鬧——「笙歌未散尊罍在」來反襯今日的孤寂悲涼——「燭明香暗畫樓深」，使得當前的生活顯得更為黯淡，令人神傷；三是上下闋的九個字的結筆很有特色，前者「依舊竹聲新月似當年」，物是人非，不堪回首的哀情、後者「滿鬢清霜殘雪思難任」，階下囚生活對精神殘酷折磨的痛苦在字裏行間表現得十分真切，扣人心弦。

烏夜啼

【題解】

這首詞的詞調，亦稱《相見歡》。此調共七句，三十六字。押韻方面，上闋三句，三平韻，下闋四句，兩仄韻，兩平韻。由於句子長短參差，適於抒發起伏不平曲折多變的情緒，加上句句入韻，吟詠起來音律和諧優美。此詞形式與內容水乳交融，取得極好的藝術效果。

從詞中被深重的哀怨所籠罩的情況來看，此詞當是入宋見景生情之作，倘若李煜沒有從君王成為囚徒的遭遇，也不可能有「自是人生長恨水長東」的人生慨歎。王國維在《人間詞話》中說：「『自是人生長恨水長東』，『流水落花春去也，天上人間』（李煜《浪淘沙令》〔簾外雨潺潺〕），《金荃》、《浣花》（分別是唐五代著名詞人溫庭筠和韋莊的詞集）能有此氣象耶？」確實如此，沒有亡國的悲傷是發不出這種哀音的。

【譯注】

林花謝了春紅❶，	林花辭別了春天的萬紫千紅，
太匆匆！	凋落得太匆匆！
無奈朝來寒雨晚來風❷。	怎經得起早晨的寒雨傍晚的冷風。
胭脂淚❸，	胭脂染紅的淚，
留人醉❹，	令人迷戀心碎，
幾時重❺？	幾時才能重逢？
自是人生長恨水長東❻！	原來是人生長恨像江水永流向東！

❶ 林花：林木的花朵。謝了：辭別了。春紅：春天的艷紅顏色。

❷ 無奈：無可奈何，沒有辦法。

❸ 胭脂淚：被寒雨打濕的紅花，猶如美人傷心的淚流過搽了胭脂的臉，兩者交融，故稱胭脂淚。

❹ 醉：不是說酒醉，而是形容悲傷到極點，如同喝醉了酒般處於昏昏沉沉迷醉的狀態。古人常用「銷魂」(靈魂離開了肉體）來形容極度悲苦，和這裏的「醉」相彷彿。

❺ 重：重逢。

❻ 自是：自然是，原來是。長恨：永恒的愁恨。水：江水。長東：永遠向東。

【賞析】

這首詞表面上寫花，實際上是寫人，其中寓有對自己不幸命運的哀惋。

上闋「林花謝了春紅，太匆匆」，意思是紅艷的花朵轉瞬間就凋殘了，而且短促得令人措手不及，「太匆匆」此一短句與花運的由盛而衰的急速是一致的。接着詞人寫造成這種現象的原因是「朝來寒雨晚來風」，花兒經受不起朝朝暮暮狂風驟雨的摧殘，「無奈」二字充分表現詞人那種惜花而又無可奈何的心態。

以上三句暗寓南唐的興盛、自己豪華的帝王生活亦如似錦的繁花，經不起幾番風雨（外界的打擊）就紛紛凋謝（國破家亡，淪為囚徒）。

下闋「胭脂淚」，描繪被風雨摧殘的落紅的悲慘形象。這句用杜甫《曲江對雨》中「林花著雨燕支（胭脂）濕」句，原來是繪寫春雨浸濕林花美如胭脂，意象很美，但杜甫只是客觀的欣賞，到李煜筆下就具有了十分濃厚的感情色彩，浸濕落花的不僅僅是雨水，而是淚，是混合着血的淚，而不單單是混合着胭脂的淚。李煜不愧為一個點石成金的語言魔術師，他只輕輕這麼一點，就把一句很普通的句子變為千古名句。「留人醉」是說見到「胭脂淚」的悲慘景象，能不令人心碎，能不令人銷魂？「幾時重」，意謂幾時才能重見你當日紅艷的美好形象呢？這是設問句，詞人自問自答道：「不可能了，因為人生的愁恨是綿綿不盡的，就像江水滔滔不絕向東流去。」

以上四句暗寓國家已經破碎，不免令人傷心欲絕。復國已經無望，自己返回故國的希望亦已破滅。作者不禁推進一層去想：原來人生本身就是一個悲劇，歡樂只是短暫的，而悲恨卻是永恒的。

俞平伯在《讀詞偶得》中對此詞下闋與上闋的結構關係做了很精闢的

說明 :「下片三短句一氣讀。忽入人事，似與上片斷了脈絡，細按之不然。蓋『春紅』二字已遠為『胭脂』作根，而匆匆風雨，又處處關合『淚』字。春紅著雨，非『胭脂淚』歟，心理學者所謂聯想也。結句轉為重大之筆，與『一江春水』意同，而此特沉着，後主之詞，兼有陽剛陰柔之美。」

烏夜啼

【題解】

國破家亡，過着無限屈辱的囚徒生活的李煜無時無刻不在痛苦中掙扎，尤其是在秋夜，當颯颯風雨交加之聲從簾幃外傳來，充盈耳際之時，孤獨的他更為坐立不安，躺在牀上輾轉反側，徹夜不眠。從皇帝到囚徒，這一強烈的反差，對李煜來說實在過於沉重了，想在夢中獲得安慰做不到，只有用酒來麻醉自己，一醉可以忘卻人間的一切煩憂，但是酒醉總有醒來之時，醒來之後又如何？

【譯注】

昨夜風兼雨，	昨夜又是驟風又是急雨，
簾幃颯颯秋聲❶。	簾幕外傳來颯颯的秋聲。
燭殘漏斷頻攲枕❷，	燭燒盡漏滴斷無法入睡，
起坐不能平❸。	站起坐下內心不能平靜。
世事漫隨流水❹，	世事全都隨着流水逝去，
算來一夢浮生❺。	看來人生不過是一場夢。
醉鄉路穩宜頻到❻，	醉鄉道路平穩不妨常到，
此外不堪行❼。	此外再也沒有地方可行。

❶ 簾幃：簾幕，用於門窗處的簾子與幕帳。颯颯：象聲詞，風雨發出的聲音。秋聲：秋天自然界發出的聲音，如風聲、雨聲、鶴鳴等。這裏指風雨聲。

❷ 燭殘：蠟燭燒盡。漏斷：漏滴斷絕。漏滴，古代計算時刻的方法是用銅壺盛水，壺底穿一孔滴水，中間插一標竿稱為「箭」，箭下用一個盤托着，浮在水面上，水流出或流入壺中時，箭下沉或上升，借以指示時刻。攲枕：側頭靠在枕上。古人常用「攲枕」表現愁恨，如五代魏承班《訴衷情》之四：「攲枕臥，恨何賒（多麼悠長），山掩小屏霞。」宋范仲淹《御街行》：「殘燈明滅枕頭攲，諳盡（十分熟悉）孤眠滋味。」

❸ 起坐：起立與坐下，形容內心不安寧的動作。漢秦嘉《留郡贈婦詩》之三有「一別懷萬恨，起坐為不寧」句。這裏是形容內心痛苦，坐臥不安的樣子。

❹ 漫：全，都。

❺ 算來：推測起來，想來。一夢浮生：即浮生若夢，意思是虛浮不定的人生像夢般短暫無常。李白《春夜宴桃李園序》：「夫天地者，萬物之逆旅（旅舍）；光

陰者，百代之過客（過路的旅客），而浮生若夢，為歡幾何（能有幾多歡樂）！」浮生，人生在世，虛浮不定，故稱人生為浮生。

❻ 醉鄉：醉後神志不清、煩憂皆忘的境界。路穩：道路平穩。宜：應當，應該。

❼ 不堪：不可，不能。

【賞析】

這首詞上闋首兩句先寫秋夜室外風雨交加，颯颯秋聲不斷傳來；三、四句寫室內雖然已經深夜，蠟燭將燒盡，漏滴已斷絕，但還是無法入眠，躺在牀上翻來覆去睡不着，坐下起來，依然心緒不寧，回憶往日，看看當前，未來是沒有盡頭的黑暗，思潮澎湃，無論如何也平靜不下來。

下闋寫在苦難將陪伴終生的情況下，作者只有在莊子的哲學裏尋求解脫。莊子認為「其生若浮，其死若休」，就是說人生一世，如虛浮無定之物，死了如疲勞得到休息，所以無需過於認真，一切聽其自然，淡然處之，這才合乎自然之道。李白發揮了莊子的思想，認為天地不過是萬物暫住的旅舍，而時光不斷流逝則像世世代代的過客，浮生若夢，人們可以擁有的歡樂並不多，因此應該及時行樂：「開瓊筵以坐花，飛羽觴而醉月。」擺開盛宴坐在花叢中，飛快地傳遞酒杯，在月光下喝醉。李白醉酒是為了及時行樂，而此詞李煜醉酒則是為了麻醉自己，用以排解煩惱、憂愁和痛苦。詞中不直接說出這點，卻是說「醉鄉路穩宜頻到」，醉酒神志不清時「道路平穩」，因此應該常去，意即應該經常灌醉自己，而且是「此外不堪行」，除此之外別無他法。俞陛雲批評李煜這種做法過於消極：「人當清夜自省，宜嗔癡漸泯。作者輾轉起坐不平。雖知浮生若夢，而無徹底覺悟。唯有陶然一醉，聊以忘憂。此間若出於清談之名流，善懷之秋士，便是妙詞。乃以國主任兆民之重，而自甘頹棄，何耶？」(《唐五代兩宋詞選釋》) 李煜辭國時不是揮淚對社稷，而是「揮淚對宮娥」，離國做囚徒後，只知鎮日以淚洗面，想到的只是以酒麻醉自己，甚是符合他的性格發展的邏輯。俞陛雲要求他想到自己作為君，身負百姓的希望，要清夜反省，他哪裏做得到呢？

烏夜啼

【題解】

這首詞一說是後蜀君主孟昶作，但宋黃昇《花庵詞選》認為是李後主的作品，還在詞調下面注云：「此詞最淒婉，所謂『亡國之音哀以思』。」各種版本的《南唐二主詞》也多收為後主所作。從作品的風格以及所表現的愁恨的深刻來看，皆與後主作品相近。

由於李後主嘗盡了國破家亡、辭家別國的苦酒，加上他有駕輕就熟非凡的語言技巧，所以能將胸中的鬱積脫口道出，成為廣為流傳的佳章。

後主善於用比喻具體描繪抽象的愁恨，給人留下深刻的印象。例如「離恨恰如春草，更行更遠還生」（《清平樂》〔別來春半〕）；「問君能有幾多愁，恰似一江春水向東流」（《虞美人》〔春花秋月何時了〕）。此首末句「別是一番滋味在心頭」，獨出心裁，從內心深處寫出只有自己知道，卻難以言傳的淒酸的感覺。這種感覺只有親歷過才能體會到。

【譯注】

無言獨上西樓，	默然無語獨自登上西樓，
月如鉤❶。	新月彎彎如鉤。
寂寞梧桐深院鎖清秋❷。	寂寞的梧桐鎖住深院的清秋。
剪不斷，	要剪也剪不斷，
理還亂❸，	想理卻更紛亂，
是離愁。	那是離愁別恨。
別是一番滋味在心頭❹！	另有一種難言的滋味湧上心頭！

❶ 月如鉤：月亮像彎曲的掛鉤。這裏指的是新月，農曆每月初出月亮的形狀彎曲細長。

❷ 梧桐：樹木名，落葉喬木，木質輕韌。梧桐葉落得最早，所以有「梧桐一葉落，天下盡知秋」(《廣群芳譜》)之說，古詩中常用梧桐葉落表示秋天的到來。鎖清秋：清冷的秋色被鎖閉在深深的庭院裏。

❸ 理：梳理，理清（頭緒）。

❹ 別是：另是。一作「別有」。一番：一種。滋味：指苦樂的感受。

【賞析】

離愁別恨是中國文學中經常出現的主題，南朝作家江淹（公元444－505年）在《別賦》中的首句就是「黯然銷魂者，唯別而已矣」，可以說是代表了中國人的別離觀。人們把別離看成人生中之最難堪者。翻開中國詩人的集子，都可以看到這方面的內容，正因此後人才有幸欣賞到形象地描繪愁恨的佳章妙句，並為之感動不已。

由於描寫愁恨的人太多，詩人們要翻出新意難度極大，所以必須從不同的角度進行嘗試。例如李白的「白髮三千丈，緣愁似箇長」(《秋浦歌》)，一方面用愁使人頭髮變白，又用頭髮連綴起來的長度(「三千丈」是無限長之意)來形容愁之長。他還用「抽刀斷水水更流，舉杯消愁愁更愁」(《宣州謝脁樓餞別校書叔雲》)寫出愁不論用甚麼方法都不可消解，想去抑制它反而使之更甚。李清照的「只恐雙溪舴艋舟，載不動許多愁」(《武陵春》〔風住塵香花已盡〕)，用小船載不了自己的愁，形容愁之多之重。賀鑄的「若問閒愁都幾許，一川煙草，滿城風絮，梅子黃時雨」(《青玉案》〔凌波不過橫塘路〕)，用遍地煙靄迷濛的芳草、滿城飄飛的柳絮、黃梅時節下的綿密的絲雨，形容愁的多而密。

到了李煜，有那麼多珠玉在前，怎樣才能獨出心裁翻出新意，塑造出另一種「愁」的形象呢?「剪不斷，理還亂，是離愁。」由於成了囚徒，他獨自被軟禁在清冷的寂靜深院裏，屋外有士兵把守，不得與人來往，只有默默地踽踽登樓，憑欄眺望殘缺的新月，思念故國之情油然而生，像蠶絲一般纏繞着他，想剪也剪不斷，要理清不但不可能，反而更紛亂。用蠶絲為喻非常新穎，形象生動，抒發了無法擺脫無法剪除愁恨的苦悶，在上述寫「愁」佳句的基礎上創造出一個新的境界。末句李煜換了另一個角度，不從視覺而純粹從內心的感覺來寫，而這種感覺又是不可言傳的，只有憑讀者自己去體會。妙就妙在這種感覺人人都有過，不難體會到。

此詞上闋首句是引子，接着描繪作者眼中的秋景，這個景色浸淫了作者的感情，情景交融，然後過渡到下闋的純粹寫情，非常自然。

破陣子

【題解】

中國各朝的末代皇帝大多都有投降的經歷，但能把這種經歷和當時的心態通過詩詞具體地描述出來，而且如此動人心弦的，只有李後主一人。這首詞的最後幾句：「最是倉皇辭廟日，教坊猶奏別離歌，揮淚對宮娥」，寫去國前淒慘悲涼、惶恐不安的場面，給人留下深刻的印象。當代詞學家夏承燾《瞿髯論詞絕句》云：「櫻桃落盡破重城，揮淚宮娥去國行。千古真情一鍾隱（李煜號鍾隱），肯抛心力寫詞經。」可見毫不掩飾地寫出當時的真實情況，流露出真情，正是此詞的感人所在。李煜寫揮淚對與自己長期相處的宮娥，而不矯情地說揮淚對社稷（國家）或者對黎民百姓，正是他的坦誠所在，他的至情至性，造就他成為偉大的詞人。

此詞有人說是寫於宋開寶八年（公元 975 年）宋兵攻破金陵，李煜投降被俘去汴梁時；有人說是寫於送往汴梁的途中；也有人說是囚居於汴梁後的回憶。從下闋「沈腰潘鬢消磨」句看，應該是被俘成為囚徒之後，精神上受盡折磨追憶往昔之作。

【譯注】

四十年來家國❶，	創建了已經四十年的國家，
三千里地山河❷；	擁有三千里地遼闊的山河；
鳳閣龍樓連霄漢❸，	雕龍畫鳳的樓閣高聳入雲，
玉樹瓊枝作煙蘿❹。	茂密的林木有如聚煙纏蘿。
幾曾識干戈❺？	何曾識得戰爭是甚麼？
一旦歸為臣虜❻，	沒料到有一天歸降成俘虜，
沈腰潘鬢消磨❼。	腰圍消瘦鬢髮斑白受折磨。
最是倉皇辭廟日❽，	特別是匆忙辭別宗廟之日，
教坊猶奏別離歌❾，	樂工還吹奏着別離的悲歌，
揮淚對宮娥❿！	灑淚面對朝夕相從的宮娥！

❶ 四十年：南唐從公元 937 年李昪開國到 975 年李煜降宋亡國，共歷時三十九年，四十年，是舉其成數。家國：國家。

❷ 三千里地：馬令《南唐書．建國譜》：「（南唐）共三十五州之地，號為大國。」南唐全盛時期，範圍包括今江蘇、安徽、淮河以南和福建、江西、湖南及湖北東部。三千里，並非確數，只是誇言其廣大遼闊。

❸ 鳳閣龍樓：雕鏤並彩繪着龍鳳的樓閣。霄漢：霄，雲霄。漢，天河。合起來指

天空的極高處。

❹ 玉樹瓊枝：美麗的林木。瓊，美玉。古人常用玉形容精美的東西，如瓊樓玉宇（華麗的房屋）。煙蘿：煙聚蘿纏，形容林木茂密如煙雲籠罩藤蘿纏繞。煙，煙雲，煙靄雲霧。蘿，藤蘿，能爬蔓的植物。

❺ 幾曾：何曾。干戈：古代用以攻防的兩種兵器，泛指武器，也借指戰爭。

❻ 一旦：忽然有一天。臣虜：亡國被俘虜，淪為宋朝的臣子，所以說「歸為臣虜」。李煜投降後，宋太祖侮辱他，封為違命侯，因為他當初不肯主動併入宋朝。

❼ 沈腰：用《南史·沈約傳》中的典故。沈約曾寫信給他的好朋友徐勉說，自己年老多病，日漸消瘦，「百日數旬，革帶常應移孔」（百日或數十天，常要緊一緊皮腰帶上的洞孔），後人因以「沈腰」作為瘦減的腰圍的代稱，此句亦然。潘鬢：用晉潘岳《秋興賦》中「余春秋三十有二，始見二毛」（我三十二歲，頭髮已經斑白）以及「斑鬢髟以承弁兮，素髮颯以垂領」（雙鬢斑白戴着禮帽，長長的白髮直垂到衣領上），後人因以稱中年鬢髮初白。

❽ 倉皇：急忙慌張。辭廟：指李煜出降前到宗廟告別祖先，說他離國之前到宗廟告別祖先亦可。廟，宗廟。古代帝王、諸侯祭祀祖宗的廟宇，後來成為朝廷和國家的代稱。

❾ 教坊：古時管理宮廷音樂的官署，專管雅樂（帝王祭天地、祖先及朝賀、宴享時的樂舞）以外的音樂、舞蹈、百戲（雜技）的教習、排練、演出等事務。

❿ 揮：一作「垂」。宮娥：宮女。李後主宮娥的名字，據夏承燾、詹安泰考證，有黃保儀、流珠、喬氏、慶奴、薛九、宜愛、意可、窅娘、秋水、小花蕊等，不知名的可能有數千人。《隋遺錄》：「帝（隋煬帝楊廣）嘗幸昭明文選樓，車駕未至，先命宮娥數千人升樓迎侍。」

【賞析】

這首詞上闋首句一般均理解為寫南唐從建國到滅亡的歷史，如果細細咀嚼，就會發現其中還含有「這是我生活了近四十年的國家」的深意，不是客觀的敘述，筆下流露了濃厚的情意。接着三句是以自豪的口吻鋪陳國土廣袤，宮殿巍峨，富麗堂皇，宮苑內林木繁茂，煙聚蘿纏，如詩如畫，一片繁榮昌盛的景象。最後一句「幾曾識干戈」是說自己根本不知道戰爭為何物。其實南唐立國以來，戰爭並沒有停止過，李璟曾先後出兵攻伐閩國（福建），後又出兵攻楚國（湖南），保大十四年（公元956年）開始反被後周侵淩，只是「生於深宮之中，長於婦人之手」的李煜感受不到而已。

上闋極寫以往身為帝王時居住的宮殿的壯美華麗、生活的安逸閒適，表現出意氣風發的精神狀態；下闋急轉直下，前兩句寫自己成為俘虜後的痛苦，不過它是通過「沈腰潘鬢消磨」—— 腰圍日漸瘦損，鬢髮驟然斑白來顯示的。由帝王變成囚徒，命運的陡變，這種天堂與地獄的反差，對懦弱的李煜來說如何承受得了。《樂府紀聞》載，後主歸宋後，與故宮人書云：「此中日夕只以眼淚洗面。」可知「沈腰潘鬢」的描述決非誇張。但是最使他刻骨銘心的還是成了俘虜之後，辭別宗廟的情景：「教坊猶奏別離歌，揮淚對宮娥！」

此詞「揮淚對宮娥」句，曾引起後人不少的評論。蘇軾認為李煜一手斷送了國家，不應該「揮淚對宮娥」，因而認為此詞決非李煜所作，理由是當宋將曹彬率軍下江南進攻南唐時，李煜曾預先下令在宮中堆積柴火，誓言若國家被佔領，當投火自焚，態度十分堅決，可見此詞是後人的偽作（袁文《甕牖閒評》）。毛先舒《南唐拾遺記》云：「按此詞或是追賦（追憶往事寫下的），倘煜是時猶作詞，則全無心肝矣！至若揮淚聽歌，特詞人偶然語。且據煜詞，則揮淚本為哭廟，而離歌乃伶人見煜辭廟而自奏耳。」

近代詞學專家多為李煜辯護，詹安泰認為蘇軾的說法是「離開作者的生活實踐和作品的具體表現來談作品的真偽」，因而並不妥當，理由是「幾曾識干戈」已經不是任何人都說得出了，「『揮淚對宮娥』則尤非一般沒有帝王生活體驗的士大夫們所能設想得到。李煜有沒有發過誓要與國家共存亡，發過誓後是否就會實踐，這些暫且不論（馬令《南唐書》是這樣記載過的），但他降宋則是無可否認的事實。所以我認為這樣鮮明地標誌着李煜的個性和作風的作品，是不應該看成是偽作的。」（《李璟李煜詞》）

李煜精通音樂，善於創作樂曲，亡國前創作的《念家山》、《念家山破》的樂曲「宮中民間日夜奏之，未及兩月，傳滿江南」（邵思《雁門野說》）。他和樂工聯繫緊密，去國時樂工「奏別離歌」為他送行，應該是實情。元韋居安《梅磵詩話》卷中曾記《金陵百詠》中有《樂官山》一首，序裏說：宋將攻下南唐後擺慶功宴，有樂工痛哭流涕，被殺之後埋葬在山上，因而得名。詩云：「城破轅門宴賞頻，伶倫（樂工）執樂淚橫巾。駢頭就戮緣家國，愧死南歸結綬人。」

望江梅

【題解】

《望江梅》調，又名《望江南》、《夢江南》等，有的版本將兩首合而為一，作雙調上下闋安排。這種作法並不妥當，因為《望江南》調唐代時原本是單調，至宋代才逐漸演變為雙調，分成上下兩闋，一韻到底，後主此詞本來是單調兩首，所以各自用韻。可能因為詞牌相同，詞意蟬聯，後人遂把兩首合而為一。這裏按照《尊前集》、《全唐詩》和《歷代詩餘》分成兩首譯注、賞析。

二詞當是李煜被俘入宋後懷念故國的良辰美景而作。前者寫南國絢爛歡樂的春季，後者寫南國澄淨明朗的秋日，造語清麗自然，含意深邃雋永。

【譯注】

其一

閒夢遠❶，	閒時無聊做夢夢境遼遠，
南國正芳春❷：	夢中的江南正好是芳春：
船上管弦江面綠❸，	遊船乘客吹管弄弦江水碧綠，
滿城飛絮輥輕塵❹。	滿城柳絮飛舞路上滾起輕塵。
忙殺看花人❺！	忙壞了那些賞花的人們！

❶ 閒夢：被囚禁甚麼事都不能做，閒得發慌時做的夢。遠：指夢境遼遠。

❷ 南國：江南。芳春：芳菲的春天。

❸ 管弦：管弦樂器，泛指樂器，亦指代音樂。綠：一作「淥」，水清澈的樣子。

❹ 飛絮：飄飛的柳絮。柳絮是柳樹的種子，有白色絨毛，隨風飛散如絮，故稱。輥輕塵：像車輪滾動揚起輕塵。輥，車輪滾動。此處不寫遊人多，車水馬龍的情況，只用「輥輕塵」從側面來表現。

❺ 忙殺：忙壞了。「殺」是動詞，用在動詞或形容詞後面，表示程度深。

【賞析】

早在一百多年前，唐朝詩人白居易就寫了膾炙人口的《憶江南》：「江南好，風景舊曾諳。日出江花紅勝火，春來江水綠如藍，能不憶江南。」詞中通過江花的艷紅與江水的碧藍突出了江南春色的美，這種形象已經久久留在人們腦海中揮之不去。如果李煜再重複寫春天的江花和江水，恐怕很難超越了。藝術貴在獨創，他必須換另一個角度來寫，所以不以碧綠江水為主角，而是把它作為背景，寫江面遊船上人們吹管弄弦歡樂熱鬧的氣氛，然後再擴展到寫全城柳絮紛飛賞花遊人穿梭不息，車輪不停轉動，路上塵土滾滾的情景。這就是囚徒李煜記憶中南唐故國歌舞昇平的場面，這種場面不斷在夢中出現，更加反襯了今日李煜處境的孤寂難耐。

要特別注意的是，此詞內容是和夢分不開的，寫的又是春天的景色，讀後不免令人有「來如春夢幾多時，去似朝雲無覓處」的感喟。

【譯注】

其二

閒夢遠，	閒時無聊做夢夢境遼遠，
南國正清秋 ❶：	夢中的江南正好是清秋：
千里江山寒色遠 ❷，	千里江山抹上一層清冷色澤，
蘆花深處泊 ❸ 孤舟。	茂密的蘆花叢中停泊一小舟。
笛在月明樓 ❹！	幽怨的笛聲傳自明月照耀的樓閣！

❶ 清秋：秋天空氣清爽，景色明淨，故稱。

❷ 寒色遠：清寒秋天的自然景色延伸到極遠處。

❸ 蘆花深處：即蘆葦叢深處。蘆花，蘆絮，蘆葦花軸上密生的白毛。泊：停船靠岸。

❹ 月明樓：明月照耀的樓閣。

【賞析】

李煜夢中的江南秋天的主調是「清麗」，這點與前首春天的「濃艷」恰成鮮明的對照。

在我們的文學傳統中，秋天是令人悲傷的季節，對於失戀或是遠離家國作客在外的人來說，面對秋景不免愁緒滿懷。例如杜甫因戰亂，飄泊西南，秋季登高見到秋景，就寫了如下詩句：「無邊落木（葉）蕭蕭下，不盡長江滾滾來。萬里悲秋常作客，百年多病獨登臺。」（《登高》）宋代詞人柳永在《八聲甘州》中也是如此描繪秋色的：「是處紅衰翠減，苒苒物華休。」（處處是花殘葉落，美好萬物逐漸衰敗）

但是在李煜夢中的江南秋天卻毫無上述肅殺的氣氛，他用自然的語言給我們描繪出一幅清淡素雅的山水畫。作者首先把鏡頭推遠，畫面上出現江南的全景：被寒色籠罩綿延不斷的千里江山；接着把鏡頭拉近，我們看到江邊茂盛的蘆花和停泊在其深處的一葉孤舟；最後用特寫鏡頭凸顯了月明樓吹笛，笛聲悠揚的畫面。由遠景至近景，由全景到特寫，畫面一步步有層次呈現在讀者的眼前，顯示出高超的佈局技巧。

值得注意的是，此首詞中的夢憶的江山不是《破陣子》中的「鳳閣龍樓」、「玉樹瓊枝」，即帝王眼中的江山，而是平民百姓眼中春季秋日常見的景物，因而人們讀起來倍感親切動人，雖然這些景物中也浸透了李煜的亡國之痛。

望江南

【題解】

《望江南》亦與《望江梅》一樣，有的版本將兩首合而為一來處理，這裏也是按照《尊前集》、《全唐詩》、《歷代詩餘》分成兩首分別譯注、賞析。

此兩首詞也是李煜被俘入宋，在囚居的小樓中追憶往日思念故國之作，所不同的是《望江梅》追憶江南美景，對故國的思念以及亡國之恨，只是隱含其中，而此兩首則似滔滔江水，將自己的一腔悲恨傾瀉出來。李後主曾說做囚徒期間「日夕只以眼淚洗面」，此二詞中重複使用三個「淚」字，正道出當時的實情。

《望江梅》二首與《望江南》二首合成組詩，詞人在前三首夢憶江南芳春、清秋和南唐繁華之後，末首寫忍不住涕淚交流，並用「斷腸更無疑」作結，把情緒推向高潮，取得震撼人心的效果。

【譯注】

其一

多少恨，	心中有許多的愁恨，
昨夜夢魂中❶：	是由於昨晚做了一個夢：
還似舊時遊上苑❷，	彷彿回到往日遊上苑的情境，
車如流水馬如龍，	車行駛如流水馬奔跑若游龍，
花月正春風❸！	花好月圓沐浴在春風中！

❶ 夢魂中：在睡夢中。夢魂，古人以為靈魂在睡夢中會離開肉體而存在，故稱。

❷ 上苑：古代飼養禽獸、種植樹木供帝王遊獵的園林。這裏指南唐的宮苑。

❸ 花月：花和月，泛指美好的景色。

【賞析】

這首詞用「多少恨」三個字起句，給人以強烈的印象。它突出了全詞的感情色彩。接着道出「恨」的原因，是由於昨晚做了一個夢，夢境中出現的是昔日紅花和明月沐浴春風之時，南唐宮苑中人們騁馳遊樂，車如流水馬如游龍的繁華盛況，那時自己也意氣風發地同大家一起或遊園或狩獵，共享歡娛。這和今日的孤寂恰成鮮明的對比，無窮的長恨，由此而生。

「車如流水馬如龍」用的是《後漢書．明德馬皇后紀》的典實，本來形容馬皇后外家的人來問安絡繹不絕的盛況，後來唐朝詩人蘇頲在《夜宴安樂公主新宅》一詩中用「車如流水馬如龍」形容安樂公主新宅夜宴時的熱鬧豪華場面，李煜將唐人詩句一字不易地搬過來運用，卻有如自己創造出來似的，與內容配合得天衣無縫，絲毫看不出使用典故的痕跡，有點石成金之妙，加上後句的「花月正春風」做背景，使之成為膾炙人口的名句。由此也可以看出李煜善於抓住事物的特徵，使用明白如話的語言，寥寥幾筆就將紛繁的景物與複雜的情緒形象地呈現出來。

這首詞是以「恨」為主線來貫串的，所以必須知道為甚麼夢憶往日南唐的盛況會引致無窮無盡的恨，恨的具體內容又是甚麼：其一是由於自己縱情聲色，沉溺浮圖，聽信奸佞，妄害忠良以致失國的悔恨。據宋王銍《默記》載，被俘後，徐鉉往見後主，「後主相持大哭，乃坐，默不言，忽長吁歎曰：『當時悔殺潘佑、李平！』」潘佑曾八次上書諫李煜遠離誤國的奸臣，李煜不聽，先是遷怒李平，收他入獄，後來潘亦身陷囹圄，最終雙雙自縊身亡。其二是成了囚徒後尊嚴被肆意踐踏，連最寵愛的小周后都要陪侍宋太宗的憤恨。其三是由操天下生殺之大權的皇帝淪為任人蹂躪生命朝不保夕的囚徒的怨恨。正是這些「恨」縈繞着他的夢魂，使他永世不得安寧。

【譯注】

其二

多少淚，	眼裏噙着多少辛酸的淚，
斷臉復橫頤 ❶。	在憔悴面頰上縱橫交流。
心事莫將和淚說 ❷，	心事不要流着眼淚向人訴說，
鳳笙休向淚時吹 ❸，	鳳笙不要在流着眼淚時橫吹，
腸斷更無疑 ❹！	否則將痛苦得腸子斷碎！

❶ 斷臉復橫頤：形容眼淚在面頰上縱橫交流的狀態。復，又，再。說明眼淚不停地流，從面頰，再順着下巴（頤）流下去。此句形象化寫出李煜對人所說的臣虜期間「日夕只以眼淚洗面」的實況。

❷ 和淚說：流淚時對人說。此句是倒裝句，正常說法為：「莫將心事和淚說」。

❸ 鳳笙：《風俗通．聲音》載：「《世本》：『隨作笙』，長四寸，十二簧，像鳳之身，正月之音也。」後人因稱笙為鳳笙。

❹ 腸斷：形容極度思念或悲傷。用《世說新語．黜免》中的故事，晉朝桓溫率領部隊入四川，到達三峽時，部隊裏有人捕獲一隻小猿猴，母猿沿着江岸哀號，跟隨走了一百多里都不離開，最後跳上船，一上船就斷了氣。剖開母猿肚子看，腸子一寸寸斷開了。

【賞析】

這首詞係承接前首的意脈而寫下的。前首極寫往昔南唐的繁華以及自己遊獵時的歡娛，然而那只是短暫即逝的春夢，醒覺之後，面對的是寂寥淒涼的殘酷現實，悲痛不禁湧上心頭，眼淚如雨潸潸而下，在面頰上縱橫交流，第一、二句所寫的就是這種情景。但是淚可以肆意流淌，內心的煩惱與怨恨卻不可訴說，即使借助樂器來發泄也不行，因為這麼做毫無疑問將使自己肝腸寸斷，這是後三句的意思。詞中沒有說出為甚麼會如此，我想可以用李白在《宣州謝朓樓餞別校書叔雲》中的名句「抽刀斷水水更流，舉杯消愁愁更愁」來幫助說明。李白認為用喝酒來消解愁恨只會使愁恨更深，正如你用利刀來擊斷水流只會使水流更急速。李白的愁恨來自理想與現實的矛盾，李煜的愁恨則來自國破家亡，前者尚有解決的可能，而後者則是從此已矣！

孤立地看，三、四句可以說李煜為了保全生命不敢對人說出心裏話，因為如果他對人顯露出夢中都思念故國，一定不容於宋朝皇帝。他應該學劉備的兒子蜀後主劉禪。劉禪降魏後，一樣尋歡作樂，樂不思蜀，後來李煜終於還是憋不住，在詞中說出心裏話，例如在《子夜歌》（人生愁恨何能免）中有「故國夢重歸，覺來雙淚垂」，在《虞美人》（春花秋月何時了）中有「故國不堪回首月明中」之句，終於被宋太宗毒死。

蝶戀花

【題解】

這首詞是李煜晚期的作品，寫於陰曆三月清明過後不久，詞人已經預感到暮春快要來臨，春光行將消逝，因而悲傷起來。末句寫出詞人千頭萬緒，自己在人間無處可以寄託 —— 成了囚徒，寄身在非所願之地的悲哀。

上闋中的「數點雨聲風約住，朦朧淡月雲來去」兩句，前人曾給予極高的評價，認為它們比寫景的名句「紅杏枝頭春意鬧」（宋宋祁《玉樓春》），「雲破月來花弄影」（宋張先《天仙子》）有過之而無不及（清沈謙《填詞雜說》）。

有的版本認為此詞是李冠所作，也有說是歐陽修的作品。但多數版本則認為是李後主之作，詹安泰的《李璟李煜詞》亦列入補遺中，今從之。

【譯注】

遙夜亭皋閒信步 ❶，	長夜在水旁平地悠閒散步，
乍過清明 ❷，	清明剛剛過去，
早覺傷春暮 ❸。	已為暮春將臨而唏噓。
數點雨聲風約住 ❹，	天空落幾點雨卻被風剎住，
朦朧淡月雲來去 ❺。	淡月朦朧雲彩飄來又飄去。
桃李依依春暗度 ❻，	桃李依依春偷偷走上歸路，
誰在鞦韆，	是誰在蕩鞦韆，
笑裏低低語？	笑聲裏夾着喁喁低語？
一片芳心千萬緒 ❼，	一片美好的情懷千頭萬緒，
人間沒個安排處。	人世間沒有可寄託的去處。

❶ 遙夜：長夜，漫長的夜晚。亭皋：水邊的平地。亭，平。皋，水旁地。閒信步：悠閒地走來走去。信步，隨意地走。

❷ 乍過：剛剛過。

❸ 早覺：提前感覺到。傷春暮：暮春將到而為之悲傷。

❹ 雨聲風約住：雨聲給風歇止了，即風颳起雨停了。約，約束。此句語法倒置，應該是「風約住數點雨聲」。

❺ 朦朧：模糊不清的樣子。淡月：不很明亮的月色。

❻ 桃李：桃花李花。依依：輕柔飄動。春暗度：春天在暗中偷偷地溜走了。度，過去了。

❼ 芳心：女子的情懷。

【賞析】

這首詞通過傷春抒發自己無法排解的情懷。

上闋首句寫漫漫長夜心事重重無法入眠，遂起身在水邊平地上悠閒踱步；二、三句是說雖然清明剛過，但自己卻敏感地覺得暮春將臨而不禁悲傷起來，可見詞人是多麼擔憂明媚春光的消逝，也就是擔心幸福美好的生活掌握不住。這幾句點明寫作的時間以及當時的心態。四、五句描繪景色：「數點雨聲風約住，朦朧淡月雲來去。」雨聲停了，和風吹拂，雲彩在朦朧的淡月旁飄來飄去，也可以說是淡月在雲彩中來來去去，詞人說「風」能「約」雨聲，雲可以在月上飄來飄去，把自然物人格化、形象化了，難怪有詞評家把它與宋祁的「紅杏枝頭春意鬧」（紅色的杏花開滿枝頭，明媚的春光在其上喧鬧）、張先的「雲破月來花弄影」（雲層被衝破，明月全現，花兒在風中舞動婀娜的身影）相比，認為其藝術技巧有過之而無不及。說實在話，「鬧」、「弄」、「約」三字都用得絕妙，都是把動詞用活的典範。

下闋首句，詞人惋惜春天桃李爭妍的美景偷偷離去，充分表現他惜花的情懷。第二、三句說聽到牆外有人在蕩鞦韆，而且還在笑聲中夾雜着喁喁細語，充分顯示蕩鞦韆人的歡悅。蕩鞦韆，是非常古老的遊戲。據記載，早於春秋時代傳入，在宋詞中常出現，例如張先《青門引》（乍暖還輕冷）：「隔牆送過鞦韆影。」歐陽修《浣溪沙》（堤上遊人逐畫船）：「綠楊樓外出鞦韆。」是富貴仕女的玩藝兒，《古今藝術圖》：「以綵繩懸木立架，士女炫服坐立其上，推引之，名曰鞦韆。」這首詞寫蕩鞦韆的歡笑聲，更反襯出詞人的孤獨與寂寞。這種情景可能是詞人當時的幻象，他彷彿隱約聽到往日宮娥蕩鞦韆時的聲音。末兩句「一片芳心千萬緒，人間沒個安排處」，抒寫了在聽到笑聲低語後，結合身世，而今棲身的不是生於斯、長於斯的故國，而是異國的囚室，這並非他所願的哀歎。「人間沒個安排處」真正的意思是人世間無有他容身之處，讀時宜細心咀嚼。

浣溪沙

【題解】

李後主自從做了宋朝的階下囚之後，終日以淚洗面，在《浪淘沙令》中，他說：「夢裏不知身是客，一餉貪歡。」只有在夢中，才能擺脫囚徒的身份，享受往日的歡愉。夢中的南唐，是一片繁榮的盛世景象，如他在《望江梅》和《望江南》等詞中所描述的那樣，但是此首有所不同：夢裏的故國人事已非，「待月」的「池臺」空剩下一泓流水，「映花」的「樓閣」徒灑有一抹斜暉。滿目蕭然，亡國之痛油然而生。

這首詞有些版本作馮延巳作，《全唐詩》、《歷代詩餘》均歸李煜作，詹安泰《李璟李煜詞》收在補遺裏。茲從之。

【譯注】

轉燭飄蓬一夢歸❶，	世事變幻人生飄寄故國夢歸，
欲尋陳跡悵人非❷。	意欲尋覓舊跡惆悵人事皆非。
天教心願與身違❸。	上蒼偏教心願與所作相違背。
待月池臺空逝水❹，	月下幽會池臺空有一泓流水，
映花樓閣漫斜暉❺。	繁花掩映樓閣徒留一抹斜暉。
登臨不惜更霑衣❻！	登高覽勝不禁熱淚沾濕羅衣！

❶ 轉燭：風吹燭焰搖轉不定，比喻世事變化無常。飄蓬：飄飛的蓬草，比喻飄泊不定。蓬，蓬草，草名。葉形似柳葉，邊緣有鋸齒，花外圍白色，中心黃色，秋枯根枝，遇風飛旋，故又名飛蓬。

❷ 陳跡：舊日留下的蹤跡。悵：惆悵，因失意或失望而悲傷、懊惱。人非：人事已非，世間的事已經起了很大的變化，不是原來的樣子了。

❸ 天教：上蒼使得。心願與身違：心中的願望與自身所為相違背，即願望與事實相違背。

❹ 待月：暗寓與情人幽會。用唐元稹《鶯鶯傳》典，張生寫情詩給鶯鶯，鶯鶯亦以詩回覆，詩題為《明月三五夜》，其詞曰：「待月西廂下，迎風戶半開。拂牆花影動，疑是玉人來。」意思是十五月明之夜，她將在西面的廂房（正屋兩邊的房屋）開半邊的門等他來相會。池臺：池苑（有池水花木的園林）樓臺。

❺ 映花樓閣：與繁花互相輝映襯托的樓閣。漫：徒然。斜暉：夕陽的光輝。

❻ 登臨：登高臨水，觀看風景。不惜：不吝惜。更：又，再。霑衣：眼淚沾濕衣衫。

【賞析】

上闋首句用「轉燭」、「飄蓬」比喻世事的多變難測，以及人生的飄泊無定，其實是在說自己由帝王變成囚徒，由江南連根拔起來到中原的汴梁，正是在這種不幸遭遇中他做了一個回歸故園的夢，「一夢歸」與《子夜歌》（人生愁恨何能免）中的「故園夢重歸」意思一樣。第二句寫在夢中，他想重溫往日的甜蜜，於是拚命尋覓那些遺留下來的蹤跡，但它已隨山河的破碎而消失了（「人非」指的就是此現象），給人帶來無限遺憾與悵惘。第三句「天教心願與身違」中「心願」自然指的是「三千里地山河」能夠世世代代傳承下去，自己永享豪奢的生活，但事與願違，天意如此，夫復何言！

上闋寫重歸故國，人事全非的感慨，下闋呼應上闋第二句「欲尋陳跡悵人非」，具體寫「人非」的具體內容。首句的「待月池臺」可能是指當初與小周后相約幽會的地方，他們顯然有「花明月黯籠輕霧」時在「畫堂南畔見」的浪漫往事，那麼「待月池臺」的情景當然也曾經出現，他可能還會想到那池水中明淨的碧波曾經映照過小周后輕盈的身影，然而俱往矣，池水於今不知為誰而流。第二句則寫「映花樓閣」上的夕陽斜暉也不知為誰而照耀。末句情緒達到高潮，敘述夢魂在空寂的宮苑中孤獨地遊蕩，見到的都是傷心色，聽到的都是斷腸聲，不禁淚下如雨，沾濕羅衣。「更」說明不止一次，而是一次又一次地為此悲傷而流淚。此句可證被俘入宋後他的日子確實是在「以淚洗面」中度過的。

子夜歌

【題解】

在前面的《望江梅》與《望江南》這組詞中，李煜思念故國之情正殷，但都未點出「故國」二字。在《望江南》之二中，他更說「心事莫將和淚說，鳳笙休向淚時吹」，他不能將思念故國之情向人訴說，也不能將哀怨之情通過樂器抒發出來。但到了此詞，他實在憋不住，終於將這種情思直接說出，不管後果如何：「故國夢重歸，覺來雙淚垂！」王國維說李煜具有「赤子之心」，從前面的一組詞和這首詞可以看出，他自己說不要說、不可以說，但最後卻又說出來，真是天真得可愛。

《子夜歌》是《菩薩蠻》詞調的異名，有些詞人在填詞時經常緣詞旨而換新調名，這首詞調可能是午夜夢醒時作，故稱《子夜歌》。

【譯注】

人生愁恨何能免？	人生的悲愁與怨恨無可避免，
銷魂獨我情何限❶！	只有我內心的痛苦綿綿無限！
故國夢重歸，	夢中又返回遙遠的故國，
覺來雙淚垂！	醒來雙淚又簌簌地墜落！
高樓誰與上？	高樓有誰同我一起登上？
長記秋晴望❷。	難忘晴朗秋日遠望時光。
往事已成空❸，	往日繁華都一去無影蹤，
還如一夢中。	一切彷彿是逝去的春夢。

❶ 銷魂：靈魂離開肉體，形容極度的悲傷愁苦。情何限：悲痛之情哪裏有個限度，即悲情無限之意。此句是倒裝句，即「獨我銷魂情何限」。

❷ 秋晴：晴朗的秋天。望：遠望觀賞景色。

❸ 空：空幻，無影無蹤。

【賞析】

有些詩人沒有感情，寫作時只是不斷雕琢堆砌詞句，所以寫出來的東西表面看來十分華麗，但讀起來卻味同嚼蠟；有些詩人，感情充沛，激蕩心間，不吐不快，於是不加修飾，脫口而出，雖然是白描，但卻一往情深，句句字字印人腦際，永誌不忘。

這首《子夜歌》就是這樣一首詞。詞的上闋先從一般說起，愁恨乃人皆有之，不可避免，然後再縮小到自己，自己的愁恨最長，到了銷魂的地步，為甚麼如此呢？這是因為自己失去故國，成為囚徒，只有在夢中追憶昔日的繁華，安慰寂寞的心靈。從「夢重歸」可以看出作者經常做這個夢，這在《望江梅》和《望江南》都曾寫過。夢是美麗的，但醒後則是痛苦更甚，想想現在的悲慘境遇，能不淚下如雨！

下闋首句是說現在自己孤孤單單，沒有人跟自己一同上樓遠眺美麗景色，於是不由得記起在故國天高氣爽的秋日，登高欣賞美景的情境。那時一定是一片歌舞昇平，有鮮花美酒，有后妃陪伴。在相互對照之下，產生了往事如過眼雲煙，人生如夢的慨歎。

讀此詞時，要注意上下闋各有一個「夢」字，上闋的夢是真夢，引起感傷；下闋的夢是自己此生如「夢」，短暫渺茫，令人絕望。李煜入宋之後就生活在真幻二夢之間，只有現在和過去，沒有將來。

浪淘沙

【題解】

這首詞是李煜囚居於汴梁時懷念故國之作。詞的首句即開門見山，以怨憤的筆調寫出追憶往事只有給自己帶來悲哀與悔恨，然後寫當前處境，又回頭寫過去生活。過去與現在、想像與現實相互交替對照，曲折地表現詞人迷茫的精神狀態。

李煜前期詞委婉纏綿，後期詞哀怨淒絕，只有這首詞的下闋，特別是「金鎖已沉埋，壯氣蒿萊」句，表現出豪放悲慨的色彩，顯示了軟弱性格的另一方面，讀時要留意。

【譯注】

原文	譯文
往事只堪哀❶！	回憶往事只能令人悲哀！
對景難排❷。	面對景物愁思難解開。
秋風庭院蘚侵階，	秋風吹拂庭院苔蘚長滿臺階，
一桁珠簾閒不捲❸，	所有門簾閒垂着沒有人掀捲，
終日誰來？	整天哪裏有客人到來？
金鎖已沉埋❹，	攔敵鐵鎖已沉江底深埋，
壯氣蒿萊❺！	豪情壯志也不復存在！
晚涼天淨月華開❻，	夜晚清涼天空明淨雲破月來。
想得玉樓瑤殿影❼，	想像那華麗宮殿樓閣的身影，
空照秦淮❽！	徒然地映照着秦淮！

❶ 只堪哀：只能夠使人悲哀。堪，可以。

❷ 排：排遣，借某種事情消除（寂寞和煩悶）。

❸ 一桁：一行。珠簾：門簾的美稱。閒不捲：閒垂着不捲起來。閒，東西放在那裏不使用。

❹ 金鎖：鐵鎖鏈，用鐵環連接起來的成串的東西，用來束縛人或物。這句用《晉書．王濬傳》中的故事，晉武帝太康元年（公元 280 年）正月，王濬奉命率戰船從成都出發，攻打東吳，吳人在長江險要處，以鐵鏈橫截江上，阻擋晉軍前進。王濬用長十餘丈、大數十圍的火炬，灌上麻油，放在船前，遇到鐵鎖，就點起火炬，把鐵鎖熔解燒斷，沉入江底，於是戰船暢通無阻，攻克武昌，順流而下，直抵吳都建康（今江蘇南京），吳主孫皓只好把降旗豎立城上。唐劉禹錫在《西塞山懷古》中曾如此詠歎道：「千尋鐵鎖沉江底，一片降旛出石頭。」

詞中的「金鎖」指國防力量，「沉埋」是說南唐的國防力量已被徹底摧毀，國家已經滅亡，李煜只好像當初東吳的後主孫皓一樣，肉袒出降。

❺ 壯氣：豪邁勇壯的氣概。蒿萊：野草，雜草。

❻ 天淨：天空明淨，萬里無雲。月華：月亮展現的光華。

❼ 玉樓瑤殿：宮殿的美稱，此指南唐京城金陵的華麗宮殿。

❽ 秦淮：今南京秦淮河，發源於江蘇句容市寶華山和溧水縣東廬山，向西流經南京地區，入長江。相傳為秦始皇南巡會稽（今浙江紹興）時所開鑿，用以疏通淮水，故稱。秦淮兩岸，是金陵最繁華的地區，酒家林立，遊客雲集。

【賞析】

人在失意的時候經常借回憶甜蜜的往事來填補內心的空虛與惆悵，但是對於失去故國囚禁在異地（汴梁）的李後主來說，歡樂的往事只能給他帶來悲痛與哀傷：春天的江南是美麗熱鬧的，那時的情景是：「船上管弦江面綠，滿城飛絮輥輕塵。忙殺看花人！」秋天的江南是天高氣清的，那時的情景是：「千里江山寒色遠，蘆花深處泊孤舟。笛在月明樓。」與今日寂寞煩悶的生活相比照，真有霄壤之別，這就是為甚麼詞中說「往事只堪哀，對景難排」了。據宋王銍《默記》載，李後主囚禁的地方門禁森嚴，門口有「老卒」把守，「有聖旨不得與外人接觸」，這時候，又有誰願意來和一個囚徒接觸呢？因此，「一桁珠簾閒不捲，終日誰來？」寫的是實況，他整日悶悶不樂地枯坐室內，對着門外，等待着有人來，因為實在太憋悶了。有客人來才打掃院子，歡迎客人來到，「秋風庭院蘚侵階」，打側面寫，許久沒有客人來，遂使得庭院的臺階佈滿苔蘚，一方面寫出居處的森寂，同時烘托出內心的陰鬱。

下闋用西晉王濬火燒東吳佈置的橫截江上阻擋晉軍前進的鐵鎖的故事，以及劉禹錫在《西塞山懷古》中感歎東吳無力抵抗敗亡的詩句，比喻自己無力扭轉乾坤，而今所有的豪情壯志都付諸淒迷衰草。正在情緒十分低落無可排遣之時，他抬頭眺望明淨的夜空，月華普照，不禁展開想像的翅膀：這時金陵的豪華美麗的金殿在璀璨的月光下，一定將其倩影倒映在秦淮河上，可惜的是自己遠在異國，無緣再欣賞此美景，所以說「空照」—— 白白地照耀，那種「物是人非」的無奈感通過這兩字表現得十分深切。下闋後三句與前兩句緊密相連，意境開闊，給人留下無限的想像空間。

此詞不但結尾好，開端也備受讚賞，清陳廷焯《雲韶集》卷一云：「起五字淒婉，卻來得突兀（突然），故妙。淒惻之詞而筆力精健，古今詞人誰不低首」。

虞美人

【題解】

王國維在《人間詞話》中說：「尼采（德國哲學家）謂一切文學，余愛以血書者，後主之詞，真所謂以血書者也。」這首詞之所以感人至深，端賴於它是以筆蘸着血淚寫出來的。

據說李後主是因為寫了這首詞而慘遭殺害的。宋王銍《默記》載，陰曆七月七日是李後主誕辰，晚上，他讓南唐來的歌伎作樂，聲音傳到外面，宋太宗獲悉後大怒，又聽說詞中有「故國不堪回首月明中」之句，更是怒不可遏，加上此前李後主見到過去大臣徐鉉時曾感歎，後悔他當初沒有聽從大臣潘佑、李平的話，否則不至亡國，使得宋太宗認為他仍有復國的意圖，有潛在的危險，於是派人送去牽機藥，把他毒死。牽機藥有劇毒，服後肚子劇痛，頭會不停往下彎，直至夠到自己的腳為止，目的是讓他生前死後都要屈服於宋朝。

此詞末句「問君能有幾多愁？恰似一江春水向東流」，是抒發愁懷最著名的句子。中國詩歌中不乏用江水的不盡流，抒寫綿綿愁恨的句子，但沒有一首像這樣表現得如此深廣，動人心弦，讀時宜結合全詞細心咀嚼。

此詞可能寫於宋太平興國二年（公元 977 年）或三年（公元 978 年）春天，難有定論。

【譯注】

春花秋月何時了❶？	春花秋月何時才能見不到？
往事知多少❷。	美好往事記得的有很多。
小樓昨夜又東風❸，	小樓上昨夜又吹起了東風，
故國不堪回首月明中❹！	明月下懷故國令人難忍苦痛！
雕闌玉砌應猶在❺，	雕欄玉階想必保存得完好，
只是朱顏改❻。	只是我青春容貌變衰老。
問君能有幾多愁❼？	如果你問我心中有幾多愁？
恰似一江春水向東流❽。	正像一江的春水滔滔向東流。

❶ 春花秋月：指美好的事物、景物。了：了結，完結。春天的花、秋天的月會使李煜想起在南唐時美好的時光，所以他希望見不到這些景物，以免勾起傷感。春花秋月，一作「春花秋葉」，亦通，不過句子的意思不同了：春花開，秋葉落，代表一年，全句意為時光一年一年地過去了，自己被囚居的苦日子何時才能完結，何時才是盡頭？

❷ 往事：指在南唐時歡樂的生活。知多少：記得很多。多少，「多」的意思。杜牧《江南春》：「南朝四百八十寺，多少樓臺煙雨中。」秦觀《滿庭芳》（山抹微雲）：「多少蓬萊舊事，空回首、煙靄紛紛。」句中「多少」都是「多」的意思，和一般理解的「幾多」或「多麼少」意思不同。

❸ 東風：春風。

❹ 故國：指南唐。

❺ 雕闌玉砌：雕花彩飾的欄杆，玉石砌成的臺階。這裏以部分代全體，指代華美的宮殿樓閣。應猶在：想必仍然存在，即完好如舊。

❻ 朱顏：紅潤的面顏，即青春的容貌。改：改變了，變得形容枯槁，憔悴衰老。

❼ 問君：試問你。君，對人的尊稱。實際上是自問，問自己。

❽ 一江：滿江。

【賞析】

詞上闋首句寫自己看不得「春花秋月」的良辰美景，因為一見到它，就想起往日在故國的歡樂生活，觸景傷情，不能自禁，猶如在《望江梅》與《望江南》二詞中夢憶江南的「芳春」和「清秋」一樣令人斷腸，所以希望此美景永不再出現。「何時了」，用反問句「甚麼時候才能終了」，正強烈地表現出這種願望。一般人都喜歡春天鮮艷的花朵、秋天團圓的明月，李煜卻一反常態，說明亡國成囚徒之後內心飽受煎熬。第二句「往事知多少」中「知多少」是「記得很多」的意思，是補充上句，說明一見到「春花秋月」，許許多多往事都湧上心頭。第三、四句「小樓昨夜又東風，故國不堪回首月明中」，「東風」承接「春花」，「月明」承接「秋月」，兩句意為東風又吹過囚居的小樓，明月也必將照臨其上，使人不由想起明月照耀下故國多嬌的山河，想起這些便痛苦難忍，但是「不思量，自難忘」，又怎能控制得住？上闋四句表現了李煜複雜的內心矛盾：不敢觸動內心的傷痕，但又做不到，怎麼辦？

下闋承接上闋末句，寫自己被幽禁在小樓中，卻忘不了那以往居住的華麗宮殿的雕闌玉砌，在這裏，現在的「小樓」與過去的「雕闌玉砌」相對比，說明處境的惡劣，又與下句「只是朱顏改」相對照，說明在惡劣處境下受折磨以致「朱顏改」，容顏變得憔悴衰老。最後兩句用設問的方式自問自答，道出自己內心的愁恨如滔滔的江水永不止息地向東流，流，流……

「問君能有幾多愁？恰似一江春水向東流。」之所以能成為寫愁的絕唱，有以下幾點值得注意。一、李煜寫出了由於自己的過錯，把江山丟掉，變成囚徒，其精神上的折磨，與一般個人的小愁小恨不可同日而語；二、愁恨是人皆有之，李煜使用設問句，把自己的愁恨推開去，「問君」實際上是問所有的人，當然包括了自己，於是使本來只是一己之愁，與眾人的愁融合在一起，變成一股愁恨的洪流滾滾向前；三、愁本來是抽象的，李煜把它形象化，用「一江春水向東流」來比喻，變得具體可以觸摸得到了，可以看到愁的多、愁的廣和愁的長。「一江」是指「滿江」，「春水」與其他季節的「水」不同，因為春天上游冰塊融解雨水積聚，所以江水特別的多，「春汛」就是指這種現象，清黃景仁《送陳理堂學博歸江南》之三有「下流春汛頗洶洶」句。如果我們讀了唐張若虛的《春江花月夜》中對春水的描寫：「春江潮水連海平」、「灩灩隨波千萬里」，對用春水來比喻愁當能有更深刻的體會。

李煜之前和之後都有不少詩人用江水東流來比喻愁恨的綿綿，以下錄幾位詩人的句子供比較參考：南朝齊謝朓「大江流日夜，客心悲未央」（《暫使下都夜發新林至京邑贈西府同僚》）；唐劉禹錫「蜀江春水拍山流……水流無限似儂愁」（《竹枝詞》）；宋秦觀「便做春江都是淚，流不盡，許多愁」（《江城子》〔西城楊柳弄春柔〕）。

浪淘沙令

【題解】

自從南唐滅亡，李煜被俘到汴梁以後，他只有在夢中才能見到與他永訣的故國。他時常做這個夢，在《望江梅》和《望江南》中，夢中出現的是故國芳春清秋美麗的畫面，以及他當時歡樂的生活場景，當然我們可以想像醒後的孤寂與淒涼，只是詞中沒有直接寫出來而已。《子夜歌》（人生愁恨何能免）中的「故國夢重歸，覺來雙淚垂」正是從歡樂的夢境跌到殘酷的現實之後內心痛苦的真實寫照。此首《浪淘沙令》也是寫做故國夢以及夢醒後的悲苦，但它比前首只用「覺來雙淚垂」描寫要具體得多，寫出了夢中歡樂的短暫與夢後苦難的永恒！那種因神仙般的天上生活與囚徒的人間生活的落差而產生的愁恨，沉重至極，令人無法承受。蔡條《西清詩話》云:「南唐李後主歸朝（入宋）後，每懷江國（南唐），且念嬪妾散落，鬱鬱不自聊，嘗作長短句云『簾外雨潺潺……』云云，含思淒婉，未幾下世。」可見囚徒生活對他心靈的創傷至深。

【譯注】

簾外雨潺潺 ❶，	珠簾外面下雨響聲潺潺，
春意闌珊 ❷，	明媚春光即將衰殘，
羅衾不耐五更寒 ❸。	絲綢被抵擋不住五更輕寒。
夢裏不知身是客，	夢裏不知道自己異地作客，
一餉貪歡 ❹。	只貪圖片刻作樂尋歡。
獨自莫憑闌 ❺！	不要獨自憑倚欄杆遠看！
無限江山 ❻，	眼前展現遼闊江山，
別時容易見時難。	離別容易再見卻十分困難。
流水落花春去也 ❼，	落花隨流水漂流春天歸去，
天上人間 ❽！	往昔天上今日人間！

❶ 潺潺：雨聲。

❷ 春意：春天的氣象。闌珊：衰敗，衰殘。

❸ 羅衾：絲綢被子。羅，質地稀疏的絲織品。衾，被子。五更：古時從黃昏到拂曉一夜間分為五段，謂之五更，每更大約兩小時。五更亦指天將明時。

❹ 一餉：片刻。貪歡：貪戀夢中在故國時的歡樂情景。

❺ 莫：不要。一作「暮」，指黃昏。憑闌：靠着欄杆從高處遠望。此句可解釋為不要獨自憑欄遠望，亦可解釋為黃昏獨自憑欄遠望。

❻ 江山：江河山嶽，借指國家疆土。此句是說南唐版圖遼闊無邊。李煜在《破陣子》（四十年來家國）中有「三千里地山河」之語，可資參考。

❼ 流水落花：落花隨着流水漂走，或解釋為水流逝不再回頭，花凋落成泥成塵，

均是形容春天殘敗景象。

❽ 天上人間：相距很遠，與天淵之別、霄壤之別意思相同，是說過去的帝王生活與當前的囚徒生活相比，有天壤之別。亦可解釋為承接前句，說明別易見難的程度，好像落花隨流水漂走，春光一去不復返，一個在天上，一個在人間，永無相會的可能了。

【賞析】

這首詞寫詞人做了一場返回故國的美夢之後的所聞所見和所感所想。上闋首兩句先敘夢醒後的情景。當他夢醒之後，耳邊聽到的是潺潺的雨聲，那雨聲，一聲聲敲在李煜的心上，再加上望出去，簾外是滿目衰敗景象，無疑會令他有人間何世的感慨。第三句寫由於絲綢被子薄，自己五更時凍醒，「羅衾不耐五更寒」的「寒」字不但是「肉體的寒」，更重要的是「內心的淒寒」。在他是帝王時，只有暖，何來寒，所以這句話表現出居處冷森森的氣氛。四、五句才回過頭來寫夢中的情景。在夢中，他完全忘掉自己是個國破家亡、羈留異國、任人魚肉的囚徒，仍然享受着帝王夜夜笙歌，馳騁在皇家園林的自由生活，遺憾的是這種生活只是「一餉」，是片刻的、短暫的，醒覺從虛幻的夢返回冷酷現實，帶來的只有空虛與惆悵，痛苦更甚。

下闋前三句勸自己千萬不要憑欄遠望，因為遠望故國，「三千里地」遼闊無垠的山河已經永遠失去了，那巍峨華麗的宮殿，那林木茂盛的園林，統統已為外人所享用，永遠不可復得了。「別時容易」，離別的時候雖然不捨得，無奈中一狠心揮淚就走了，但「見時難」，再見已是不可能，自己一定將終老在異國他鄉了。唐李商隱《無題》中有「相見時難別亦難」

的名句，描述男女之間的愛情受到外力的阻撓相見之難，因而分離時亦不容易，意緒纏綿，並不絕望，而此詞中的「別時容易見時難」是亡國者永遠不能返回祖國的哀鳴，其中含有血和淚，雖然其表現技巧難分軒輕，其境界自不可同日而語。末兩句呼應上闋的暮春景象，說落花已隨流水漂走，春天也衰殘消逝，自己亦與美好的生活永訣，已經從天上（帝王）掉到人間（囚徒）。這兩句看起來很普通，但是含意卻相當曖昧，唐圭璋在《唐宋詞簡釋》中說：「此首殆後主絕筆。流水二句，既承上申說不久於人世之意。水流盡矣，花落盡矣，春歸去矣，而人亦將亡矣。將四種了語，併合一處作結，肝腸斷絕，遺恨千古。」俞平伯在《唐宋詞選釋》中說：「有春歸何處的哀思，天上人間極言其阻隔遙遠且無定。」在《讀詞偶得》中俞氏更對此二句作了詳細的解釋：「『流水落花』句，極不晦澀，而頗迷離。」「譬如翻作白話：『春去了！天上？人間？』哪裏去了？這似乎不好。又如說『春歸了，天上啊！人間呀！』如何？——不妙。又如『春歸去了，昔日天上，而今人間矣！』近之而未是也。蓋此句本天人並列，不作抑揚，非如白話所謂天差地遠，或文言所謂『天淵之隔』也。」他總結道：「『天上人間』即『天人之隔』，並無其他命意。」詩無達詁，讀時盡可發揮想像，自行闡釋。

存疑作品

後庭花破子

【題解】

關於這首詞的寫作時間說法不一，有的認為是在南唐時，因為節奏明快，情緒歡暢；有的認為是入宋後，因為其中隱含花月依舊，物是人非的慨歎。

李後主入宋後的作品充溢感傷悲涼的情緒，其基調是鬱抑低沉的。這首詞語調明快，表現出的情緒是輕鬆的，說明他的生活圓滿，充滿了希望，希望自己永遠年輕 —— 末句「天教長少年」乃本詞主旨，說它是早期南唐時之作，是比較合理的。

詞的著作權有人提出質疑。清沈雄《古今詞話》云：「《後庭花破子》，李後主、馮延巳相率為之。」晨風閣本《南唐二主詞》補遺引《樂書》：「不知李作抑馮作也。」王國維、詹安泰輯本《南唐二主詞》、《李璟李煜詞》均列入補遺中。

【譯注】

玉樹後庭前❶，	在後宮華美林木前面，
瑤草妝鏡邊❷；	仙草點綴的妝鏡旁邊；
去年花不老，	去年的花朵沒有凋謝，
今年月又圓。	今年的月亮又明又圓。
莫教偏❸，	不要讓美好更變，
和月和花，	我們跟花跟月一起，
天教長少年❹。	上天永葆紅顏美少年。

❶ 玉樹：神話傳說中的仙樹。《淮南子・墬形訓》：「（崑崙山）上有木禾，其修五尋。珠樹、玉樹、琁樹、不死樹在其西。」一指美麗的樹。後庭：後宮。《戰國策・秦策五》：「君之駿馬盈外廄，美女充後庭。」這句可解釋成在後宮華美林木前面，也可解釋為在遍植玉樹的後宮前面。也有學者將「玉樹後庭」釋為曲名《玉樹後庭花》，該曲乃六朝陳後主所作，那麼此句的意思是在《玉樹後庭花》旋律優美的樂曲之前。

❷ 瑤草：傳說中的香草，亦泛指珍美的草。妝鏡：梳妝打扮用的鏡子。

❸ 莫教偏：不要讓它們偏離常規，在作者看來花不老月長圓才是常規。

❹ 長少年：永遠年輕。

【賞析】

在首兩句中，作者自言居住環境的優美以及陳設的華貴：後宮遍植仙樹，梳妝鏡周圍有珍貴的香草作為裝飾。三、四句描繪去年美麗的花朵歷經秋冬的風霜也不凋謝老去，仍然嬌艷照人，當空的月亮也是又明又圓。此兩句與一、二句互相配合，互相映襯，形成一幅花好月圓人愉悅的圖畫，顯示畫中人生活在幸福美滿的生活之中。最後三句表現了作者的願望，那就是希望上天保祐，自己能和花好月圓一般，幸福美滿的生活永遠不會改變，青春的容顏能夠永駐。

這首詞充分表現作者對美好事物的熱愛，對幸福生活的嚮往，青年時的樂觀精神亦表露無遺。全詞用白描手法寫出，沒有任何修飾，語言明白如話，節奏明快自然，情感真誠懇摯，詞中的祝福，不僅是為個人，也是為普天下的人們。末句「天教長少年」就是希望上天保祐所有的人都能長生不老。

讀詞時要注意後五句中「年」、「花」、「月」、「教」的重疊複沓，頗具民歌風味，取得極佳的聽覺效果。

長相思

【題解】

這是一首深秋懷念親人的詞，那人與自己相隔萬水千山，而且離開得很久，日日期盼他歸來，但蹤影杳然，徒喚奈何！

詞的上下兩闋都是先寫景後寫情，情景交融，全詞短句長句（三、五、七言）交替使用，適合表現長吁短歎的情態。

此詞收在宋代詞人鄧肅的《栟櫚詞》中，但多數版本均題李後主作。王國維輯本《南唐二主詞》列入補遺中，王仲聞《南唐二主詞校訂》亦定為後主之作。

《歷代詞餘》題此詞為《秋怨》。

【譯注】

一重山❶，
兩重山，
山遠天高煙水寒❷，
相思楓葉丹❸。

一重高高的山，
兩重高高的山，
山遠天高迷濛水面一片淒寒，
相思血淚染得楓葉紅丹丹。

菊花開，
菊花殘，
塞雁高飛人未還❹，
一簾風月閒❺。

菊花燦爛開放，
菊花枯萎凋殘，
北雁南飛卻仍不見親人回還，
滿簾的清風明月無心賞玩。

❶ 一重：一道。重，山的量詞。

❷ 煙水：霧靄籠罩迷濛的水面。寒：秋季天氣寒冷，故言煙水寒。

❸ 楓葉：楓樹的葉子。楓樹，落葉喬木，葉齒，秋季艷紅，可供觀賞。唐杜牧《山行》：「停車坐愛楓林晚，霜葉紅於二月花。」丹：紅色。這句是說思念的血淚使楓葉變得紅艷艷的，亦可解釋為思念對方很久，一直到楓葉紅丹丹之時。

❹ 塞雁：塞外（邊塞以外，泛指中國北部邊塞地區）的鴻雁。鴻雁秋季南來春季北去，所以古人常以之表示對遠離家鄉親人的懷念。

❺ 一簾：滿簾，指透過簾子看到之處。風月：清風明月，泛指美好的景色。閒：閒置，無人觀賞。

【賞析】

上闋首兩句「一重山，兩重山」通過「重」字的重複使用，形容自己與親人遠隔層層疊疊連綿不盡的關山，然後第三句用頂真修辭法說明不但是山遠天高，更隔着霧靄籠罩的無涯無涘的江水，因而雙方的距離更難以逾越了。在這種情況下，相思的血淚把楓葉都染紅了。「相思楓葉丹」是形容相思之苦的誇張寫法，給後來的作家以啟示。金董解元《西廂記諸宮調》卷下：「君不見滿川紅葉，盡是離人眼中血。」元王實甫《西廂記》第四本：「曉來誰染霜林醉，總是離人淚。」是說一對被迫分離的戀人帶血的眼淚把深秋清晨的楓林都染紅了，「霜林醉」是形容深秋的楓林霜葉變紅，像醉酒的人臉上的紅暈。

有研究者認為「相思楓葉丹」語意雙關，是說相思到楓葉紅的時候，同時也以楓葉紅來比襯相思的愁苦。「慘綠愁紅」、「紅愁綠怨」，詩人是慣於用紅的東西來象徵愁的（詹安泰《李璟李煜詞》），此說可供參考。

下闋頭三句是說從菊花開放等到菊花凋殘，一直等到北雁南飛，都未見親人歸返，末句則寫由於等待落空，沒有心緒欣賞簾外滿眼的清風明月，讓美麗的風光白白閒置。此句與柳永的《雨霖鈴》（寒蟬凄切）中的「此去經年，應是良辰好景虛設。便縱有千種風情（許許多多的柔情蜜意），更與何人說？」的情思相同。

這首詞具有濃厚的民歌風味，朱自清在《抗戰與詩》中說：「複沓是歌謠的生命，歌謠的組織整個兒靠複沓，詩韻不是必然的。」此詞形式上的特點就是詞句複沓，在節奏上產生回環往復、音韻和諧的藝術效果。

含蓄而不露，把深情厚意隱藏在字裏行間是李後主詞的一貫特色，此詞亦不例外，你看詞中句句都有怨意，但「怨」字始終沒有露面，而讀時卻能感覺得到，真是高手啊！

三臺令

【題解】

這首詞寫的是一個心事重重的人在寒冷的秋夜裏，徹夜無法入眠的表現。詞中沒有寫他為甚麼「倦長更」而「不寐」，但是如果結合李後主的身世，說他是由於自己當初不爭氣，沒有統治好國家以致社稷傾覆，身為俘虜，囚居異域，受盡侮辱，因此長夜難眠，應該是順理成章的事。

此詞沈雄《古今詞話》引《教坊記》列入李煜作品，王國維輯本《南唐二主詞》、詹安泰《李璟李煜詞》都列入補遺中，也有傳為無名氏或韋應物的作品。

【譯注】

不寐倦長更❶，	難耐長夜因為無法入夢，
披衣出户行。	披上外衣在院子裏踱行。
月寒秋竹冷，	明月閃射寒光竹林寂冷，
風切夜窗聲❷。	風吹窗扉發出淒厲響聲。

❶ 不寐：睡不着覺，失眠。倦長更：對漫漫長夜感到厭倦。因為睡不着覺，感到夜特別長，難以忍受。長更，長夜，猶「更深」，即夜深。

❷ 風切：風吹擊，形容寒風猛烈吹颳如利刀切割。

【賞析】

這首詞可以和前面的《搗練子令》（深院靜）並讀，因為此詞有「不寐倦長更」之句，而前詞則有「無奈夜長人不寐」之句，意思相同，但「不寐」的內容卻有異。前詞是寫思婦在秋月照耀下聽到搗衣聲，懷念遠戍的征人而徹夜難眠，內容很具體；而此詞則沒有具體寫出不寐的原由，因而需要讀者發揮想像去填補。二詞用悲涼的秋景烘托人物哀愁的心境的藝術表現手法是相似的，所不同的是《搗練子令》是先寫景，後寫情（人的情態），最後情景交融，將情緒推向高潮；《三臺令》則是先寫人的情態，再以景來烘托，使情態表現得更為突出。

詞的首兩句寫亡國並成為囚徒的難以承受的打擊所帶來的痛苦，不但使自己日日以淚洗面，而且是經常輾轉反側，夜不能寐，感到時間漫長，厭煩之極於是披衣出戶，到院子裏徘徊。三、四句寫到了外面，目睹的是淒寒的月光和寂冷的竹林，聽聞的是猛烈的秋風吹過窗戶的颯颯聲，更增添了內心無限的孤苦與悲涼，詞人沒有直接道出而讓讀者去體會。

開元樂

【題解】

這首詞可能作於亡國入宋之後。

李後主的思想深受佛教的影響，他參禪拜佛，大力提倡佛教，到處興建佛寺佛塔，甚至在宮禁廣建僧尼精舍香林，清吳任臣《十國春秋》載，後主「素溺竺乾之教（佛教），度僧尼不可勝算，以崇佛故，頗廢政事」，可見他對佛事的癡迷程度。蘇軾引此詞，跋云：「李主好書神仙隱遁之詞，豈非遭罹多故，欲脫世網而不得者耶？」意思是，李後主經歷人世太多的磨難，因而產生看破紅塵、脫離俗世、隱遁空山的念頭，這點符合事實。

有的版本說這首詞是唐代詩人顧況作，但邵長光輯錄《南唐二主詞》稿本列為李煜詞，唐圭璋《南唐二主詞彙箋》和詹安泰《李璟李煜詞》均作李煜作（後者列入補遺）。

【譯注】

心事數莖白髮❶，	心事顯示在幾根白髮上，
生涯一片青山❷。	人生的歸宿在一片青山。
空山有雪相待❸，	空寂的山林有白雪等待，
野路無人自還❹。	郊野路上孤獨一人回返。

❶ 莖：量詞，用於長條形的東西。數莖，幾根或幾條。

❷ 生涯：生命，人生。

❸ 空山：空寂的山林。山，一作「林」。

❹ 野路：郊野的道路。自還：獨自回返。

【賞析】

這是一首生命的火焰已經完全熄滅，對人生的未來完全絕望的人的哀歌，其中表現的孤獨寂寞感，讀後令人顫慄。把它與充滿禪理的唐朝詩佛王維的詩相比，便可體會出這點。《鹿柴》：「空山不見人，但聞人語響。返景入深林，復照青苔上。」《竹里館》：「獨坐幽篁（幽靜的竹林）裏，彈琴復長嘯。深林人不知，明月來相照。」王維的詩都是靜中有動，寂中有喧，動靜兼備，寂喧俱全，內中蘊含活潑的生命在躍動，不像這首詞是死寂一片。

此詞首句寫由於愁思太多因而生出白髮，作者在另一首詞《破陣子》（四十年來家國）中也說：「一旦歸為臣虜，沈腰潘鬢消磨。」本來是萬人之上的皇帝，一旦成為俘虜，則被苦難而充滿哀愁的囚徒生活折磨得腰肢瘦減，鬢髮斑白；第二句想像自己的歸宿就在蒼茫一片的青山之中；第三、四句說空寂的山林裏無人作陪，只有紛紛飛雪相伴，而在一片白茫茫的人跡全無的郊野雪地上，唯有自己踽踽獨行走向歸程。